AF204974

DUMONT

Lahore. In einem Café sitzen sich ein mitteilsamer Pakistani und ein zurückhaltender Amerikaner gegenüber. Als langsam die Nacht über die Stadt hereinbricht, enthüllt der Pakistani immer mehr Details seiner Lebensgeschichte. Changez heißt er, und er erzählt, wie er als junger, ehrgeiziger Gaststudent nach Princeton kommt. Als Vorzeigestudent wird er nach seinem Abschluss sofort von einer Elite-Firma engagiert. Er stürzt sich ins pulsierende Leben New Yorks, erhält durch seine reiche Freundin Erica Zugang zu Manhattans High Society und wähnt sich auf der Seite der Gewinner. Aber nach dem 11. September fällt sein amerikanischer Traum vom unaufhaltsamen Aufstieg langsam in sich zusammen. Plötzlich erscheint Changez die Bindung an seine Heimat wichtiger als Geld, Macht und Erfolg. All dies berichtet der Pakistani dem Amerikaner, dessen Motivation an dem Gespräch im Dunkeln bleibt. Allein im Spiegel des Erzählers zeichnet sich ab, dass der grausame Höhepunkt der Geschichte kurz bevorsteht.

Mohsin Hamid, geboren in Lahore, Pakistan, studierte Jura in Harvard und Literatur in Princeton. Nach Stationen in New York und London lebt er heute mit seiner Familie wieder in Lahore. Seine Romane wurden in über 30 Sprachen übersetzt. ›Der Fundamentalist, der keiner sein wollte‹ stand auf der Shortlist des Booker-Preises und wurde von Mira Nair verfilmt. Bei DuMont erschienen zuletzt seine Romane ›So wirst du stinkreich im boomenden Asien‹ (2013) und ›Exit West‹ (2017) sowie der Essayband ›Es war einmal in einem anderen Leben‹ (2016).

Mohsin Hamid

Der Fundamentalist, der keiner sein wollte

Roman

Aus dem Englischen
von Eike Schönfeld

DUMONT

Von Mohsin Hamid sind bei DuMont außerdem erschienen:

Nachtschmetterlinge
So wirst du stinkreich im boomenden Asien
Es war einmal in einem anderen Leben
Exit West

September 2017
DuMont Buchverlag, Köln
Alle Rechte vorbehalten
© 2007 by Mohsin Hamid
Die englische Originalausgabe erschien 2007 unter dem Titel
›The Reluctant Fundamentalist‹ bei Hamish Hamilton/Penguin, London.
All rights reserved.
© 2017 für die deutsche Ausgabe: DuMont Buchverlag, Köln
Die deutsche Erstausgabe erschien 2007 bei Hoffmann und Campe Verlag GmbH.
Übersetzung: Eike Schönfeld
© der deutschen Übersetzung by Hoffmann und Campe Verlag GmbH
Umschlaggestaltung: Brian Barth, Berlin
Umschlagabbildung: © EricFerguson, iStock
Gesetzt aus der Adobe Garamond
Druck und Verarbeitung: GGP Media GmbH, Pößneck
Gedruckt auf säurefreiem und chlorfrei gebleichtem Papier
Printed in Germany
ISBN 978-3-8321-6441-6

www.dumont-buchverlag.de

1

Entschuldigen Sie, Sir, kann ich Ihnen behilflich sein? Oh, jetzt habe ich Sie erschreckt. Sie brauchen keine Angst vor meinem Bart zu haben: Ich liebe Amerika. Mir ist aufgefallen, dass Sie nach etwas suchten; eigentlich mehr als das, es sah eher danach aus, als seien Sie mit einem Auftrag hier, und da ich in dieser Stadt lebe und Ihre Sprache spreche, habe ich gedacht, ich könnte Ihnen meine Dienste anbieten.

Woher ich gewusst habe, dass Sie Amerikaner sind? Nein, nicht wegen Ihrer Hautfarbe; wir haben eine ganze Palette von Schattierungen in diesem Land, und Ihre findet man häufig bei den Menschen an unserer Nordwestgrenze. Auch Ihre Kleidung hat Sie nicht verraten; jeder europäische Tourist hätte sich so einen Anzug mit Rückenschlitz und ein Buttondown-Hemd problemlos in Des Moines beschaffen können. Gut, Ihre kurz geschnittenen Haare und Ihre breite Brust – ich würde sagen, die Brust eines Mannes, der regelmäßig Bankdrücken macht und gut und gern über zwei fünfundzwanzig schafft –, die sind typisch für einen bestimmten *Typus* Amerikaner, aber auf der anderen Seite: Sehen Sportler und Soldaten aller Nationalitäten nicht irgendwie gleich aus? Vielmehr gestattete mir Ihre *Haltung*, Sie zu identifizieren, und das meine ich nicht beleidigend – ich sehe, Ihr Gesicht hat sich verhärtet –, es war lediglich eine Beobachtung.

Wollen Sie mir nicht sagen, wonach Sie gesucht haben? Zu dieser Tageszeit kann Sie gewiss nur eines in das Viertel Alt-Anarkali geführt haben, das, wie Sie bestimmt wissen, nach einer Kurtisane benannt ist, die wegen ihrer Liebe zu einem Prinzen eingemauert wurde – und das ist die Suche nach der perfekten Tasse Tee. Habe ich richtig geraten? Dann gestatten Sie mir, Sir, Ihnen mein Lieblingslokal unter den vielen hier zu empfehlen. Ja, genau, dieses hier. Die Metallstühle sind nicht besser gepolstert, die Holztische sind genauso roh, und wie die anderen ist es auch unter freiem Himmel. Doch ich versichere Ihnen, die Qualität des Tees ist ohnegleichen.

Sie sitzen lieber da, mit dem Rücken so dicht an der Wand? Wie Sie wollen, obwohl Sie dort weniger von der Brise haben, die immer mal wieder auffrischt und die die warmen Nachmittage angenehmer macht. Und wollen Sie nicht Ihr Jackett ablegen? So förmlich! Das ist ja nun *nicht* typisch amerikanisch, jedenfalls meiner Erfahrung nach. Und meine Erfahrung ist beträchtlich; ich habe viereinhalb Jahre in Ihrem Land gelebt. Wo? Ich habe in New York gearbeitet, und davor war ich an einem College in New Jersey. Ja, Sie haben recht: Es war tatsächlich Princeton! Gut geraten, das muss ich sagen.

Wie ich Princeton fand? Nun, die Antwort auf diese Frage bedarf einer Geschichte. An meinem ersten Tag dort betrachtete ich die gotischen Gebäude um mich herum– die, wie ich später erfuhr, jünger als viele der Moscheen dieser Stadt sind, aber mittels einer Säurebehandlung und geschickter Steinmetzarbeit auf alt gemacht – und dachte, *ein Traum ist wahr geworden*. Princeton weckte in mir das Gefühl, mein Leben sei ein Film, in dem ich die Hauptrolle spielte und alles möglich war. *Ich habe Zugang zu diesem schönen Campus*, dachte ich, *zu Professoren, die auf ihrem Gebiet Koryphäen sind, und Kommilitonen, die auf dem Weg sind, Philosophenkönige zu werden.*

Ich muss zugeben, dass ich in meinen anfänglichen Mutmaßungen über das Niveau der Studentenschaft allzu großzügig war. Nahezu alle waren intelligent und viele auch brillant, aber während ich in meinem Eingangsseminar einer von nur zwei Pakistanis war – zwei von einer Bevölkerung von über hundert Millionen Seelen, müssen Sie wissen –, hatten es die Amerikaner in dem Auswahlprozess mit einer weit weniger entmutigenden Relation zu tun. Eintausend Ihrer Landsleute wurden immatrikuliert, fünfhundert Mal so viele also, obwohl die Bevölkerung Ihres Landes nur doppelt so groß wie die meines ist. Die Folge war, dass die Nicht-Amerikaner unter uns im Durchschnitt bessere Leistungen zeigten als die Amerikaner, und ich selbst hatte mein Abschlussjahr erreicht, ohne auch nur einmal schlechter als »sehr gut« abgeschnitten zu haben.

Rückblickend wird mir die Macht dieses Systems klar; es ist pragmatisch und effektiv wie so vieles in Amerika. Wir internationalen Studenten kamen aus der ganzen Welt. Wir wurden nicht nur mit ausgefeilten Einheitstests ausgesiebt, sondern auch mit genau auf den Einzelnen abgestimmten Bewertungen – Auswahlgesprächen, Essays, Empfehlungen –, bis die Besten und Klügsten von uns identifiziert waren. Ich hatte exzellente Examensergebnisse in Pakistan und spielte außerdem noch so gut Fußball, dass ich in der Uni-Mannschaft mithalten konnte, wo ich auch einen Stammplatz hatte, bis ich mir im zweiten Jahr das Knie verletzte. Studenten wie ich erhielten Visa, Stipendien, also volle finanzielle Unterstützung, und wir wurden in die Welt der herrschenden Elite eingeführt. Als Gegenleistung erwartete man von uns, dass wir unsere Begabungen in Ihre Gesellschaft einbrachten, die Gesellschaft, der wir uns anschlossen. Und ganz überwiegend taten wir das auch gern. Ich jedenfalls, zumindest am Anfang.

In jedem Herbst ließ sich Princeton von den Personalleuten der großen Firmen, die auf den Campus kamen, in den Ausschnitt gucken und zeigte ihnen ein wenig Haut, wie Sie in Amerika sagen. Die Haut, die Princeton zeigte, war natürlich eine gute – jung, eloquent und klug wie nur etwas –, doch selbst inmitten all dieser Haut war ich, wie ich in meinem letzten Jahr wusste, etwas Besonderes. Ich war die perfekte Brust, wenn Sie so wollen – gebräunt, knackig und scheinbar der Schwerkraft trotzend –, und ich war überzeugt, jeden Job zu bekommen, den ich haben wollte.

Bis auf einen: Underwood Samson & Company. Sie haben nicht davon gehört? Es war eine Unternehmensberatung. Sie sagten ihren Klienten, wie viel eine Firma wert war, und das taten sie, wie es hieß, mit einer geradezu unheimlichen Präzision. Sie waren klein – eigentlich eine Boutique, minimale Belegschaft–, und sie zahlten gut; frisch vom College bekam man da ein Grundgehalt von über achtzigtausend Dollar. Was aber wichtiger war, sie gaben einem ein solides Handwerkszeug und einen gediegenen Markennamen, der war so gediegen, dass man nach zwei Jahren als Berater dort die Aufnahme zur Harvard Business School praktisch in der Tasche hatte. Deswegen schickten über hundert Angehörige des Princeton-Jahrgangs 2001 ihre Zeugnisse und Lebensläufe bei Underwood Samson ein. Acht wurden ausgewählt – nicht für einen Job, um das klarzustellen, sondern für ein Bewerbungsgespräch –, und einer davon war ich.

Sie wirken besorgt. Dazu besteht kein Anlass; der kräftige Bursche da ist bloß unser Kellner, und Sie brauchen auch nicht in Ihr Jackett zu greifen, nach Ihrer Brieftasche, wie ich vermute, denn wir bezahlen erst später, wenn wir gehen. Möchten Sie lieber normalen Tee mit Milch und Zucker oder grünen, oder vielleicht die hiesige duftigere Spezialität, Kaschmir-Tee? Eine ausgezeichnete Wahl. Ich nehme das Gleiche, und vielleicht auch noch einen Teller Jalebis. Und schon ist er weg. Ich gebe es ja zu, ein recht einschüchternder Zeitgenosse. Aber von einwandfreien Umgangsformen: Sie wären von seiner reizenden Art überrascht gewesen, wenn Sie denn Urdu verstünden.

Wo waren wir stehen geblieben? Ach ja, Underwood Samson. Am Tag meines Bewerbungsgesprächs war ich sehr nervös, was eigentlich nicht meine Art ist. Sie hatten nur einen Vertreter geschickt, und der empfing uns in einem Zimmer des Nassau Inn, ein *normales* Zimmer, muss ich dazu sagen, keine Suite; sie wussten, dass wir auch so schon ausreichend beeindruckt waren. Als ich an die Reihe kam, trat ich ein und stand vor einem Mann, der rein äußerlich nicht viel anders aussah als Sie; auch er wirkte wie ein bewährter Offizier. »Changez?«, fragte er, worauf ich nickte, denn so heiße ich. »Kommen Sie, setzen Sie sich.«

Er heiße Jim, sagte er, und ich hätte genau fünfzig Minuten, um ihn zu überzeugen, mir eine Stelle anzubieten. »Verkaufen Sie sich«, sagte er. »Was ist das Besondere an Ihnen?« Ich begann mit meinen Studienunterlagen, verwies darauf, dass ich auf einen Abschluss *summa cum laude* zusteuerte, dass ich noch nie schlechter als mit »sehr gut« abgeschnitten hätte. »Sie sind bestimmt ein pfiffiger Junge«, sagte er, »aber von allen, mit denen ich heute spreche, wurde auch keiner schlechter als mit ›sehr gut‹ benotet.« Das war für mich eine beunruhigende Offenbarung. Ich sagte ihm, ich sei hartnäckig, ich hätte die Physiotherapie nach meiner Knieverletzung doppelt so schnell hinter mich gebracht, als es die Ärzte erwartet hatten, zwar könne ich nicht mehr Uni-Fußball spielen, aber ich liefe die Meile inzwischen wieder in unter sechs Minuten. »Das ist gut«, sagte er, und zum ersten Mal glaubte ich, Eindruck auf ihn gemacht zu haben, doch dann fragte er weiter: »Aber was noch?«

Ich verstummte. Normalerweise plaudere ich, wie Sie bestimmt gemerkt haben, sehr gern, aber in dem Augenblick wusste ich nicht, was ich sagen sollte. Ich beobachtete ihn, wie er mich beobachtete, und versuchte zu verstehen, worauf er aus war. Er blickte auf meinen Lebenslauf, der zwischen uns auf dem Tisch lag, und dann wieder auf mich. Seine Augen waren kalt, ein helles Blau, und *wertend*, nicht so, wie man das Wort normalerweise benutzt, sondern in dem Sinn, dass er professionell taxierte, wie ein Juwelier, der sich aus reiner Neugier einen Diamanten ansieht, den er weder kaufen noch verkaufen will. Nachdem eine gewisse Zeit vergangen war – es mochte eine Minute gewesen sein, aber es fühlte sich länger an –, sagte er: »Erzählen Sie mir etwas. Woher kommen Sie?«

Ich sagte, ich sei aus Lahore, der zweitgrößten Stadt Pakistans, der alten Hauptstadt des Punjab, wo fast so viele Menschen wohnen wie in New York, wo sich, ähnlich einer Sedimentebene, die Historie der Eindringlinge von den Ariern über die Mongolen bis zu den Briten in Schichten abgelagert habe. Er nickte lediglich. Dann sagte er: »Und erhalten Sie finanzielle Unterstützung?«

Ich antwortete ihm nicht gleich. Ich wusste, dass es Themenbereiche gab, die diese Leute nicht anschneiden durften – Religion beispielsweise und sexuelle Orientierung –, und ich vermutete, dass finanzielle Unterstützung dazugehörte. Doch das war nicht der Grund meines Zögerns; ich zögerte, weil diese Frage bei mir Unbehagen erzeugte. Dann sagte ich »Ja«.

»Und ist es«, fragte er, »für ausländische Studenten nicht

schwieriger herzukommen, wenn sie Unterstützung beantragen?« Wieder sagte ich »Ja«. »Dann«, sagte er, »müssen Sie das Geld wirklich nötig gehabt haben.« Und zum dritten Mal sagte ich »Ja«.

Jim lehnte sich zurück und schlug die Beine übereinander, genau wie Sie jetzt. Dann sagte er: »Sie sind gebildet, gut gekleidet. Sie haben so einen gehobenen Akzent. Die meisten Leute glauben vermutlich, Sie kommen aus einem reichen Elternhaus.« Das war keine Frage, also gab ich auch keine Antwort. »Wissen Ihre Freunde hier«, fuhr er fort, »dass Ihre Familie es sich nicht leisten konnte, Sie ohne Stipendium hierher nach Princeton zu schicken?«

Es war, wie ich schon sagte, das wichtigste meiner Bewerbungsgespräche, und ich wusste auch, dass ich Ruhe bewahren sollte, doch nun ärgerte ich mich zunehmend, und ich hatte von dieser Fragerei die Nase voll. Also sagte ich: »Entschuldigen Sie, Jim, aber welchen Sinn hat das alles hier?« Das kam aggressiver raus, als ich es beabsichtigt hatte; meine Stimme wurde lauter und gewann an Schärfe. »Dann wissen sie es also nicht«, sagte Jim. Er lächelte und fuhr fort: »Sie haben Temperament. Das gefällt mir. Auch ich war in Princeton. Jahrgang 81. *Summa cum laude.*« Er zwinkerte. »Ich war aus meiner Familie der Erste, der ans College ging. Ich arbeitete Nachtschicht in Trenton, um das alles zu bezahlen, weit genug vom Campus entfernt, damit die Leute es nicht mitbekamen. Ich weiß also, wo Sie herkommen, Changez. Sie sind hungrig, und das finde ich gut.«

Das brachte mich, wie ich gestehen muss, aus dem Konzept. Ich wusste nicht, wie ich darauf reagieren sollte. Aber ich wusste sehr wohl, dass ich von Jim beeindruckt war; schließlich hatte er mich binnen weniger Minuten klarer durchschaut als viele, die mich seit Jahren kannten. Ich verstand, warum er bei Bewertungen so sicher war und warum seine Firma auf diesem Gebiet – folgerichtig – hohes Ansehen genoss. Auch freute ich mich, dass er in mir etwas entdeckte, was er wertschätzte, und so erholte sich mein Selbstvertrauen, das durch unser Treffen bis dahin erschüttert worden war, allmählich wieder.

Es lohnt sich, wenn Sie gestatten, an dieser Stelle ein wenig abzuschweifen. Ich bin nicht arm, weit gefehlt: Mein Urgroßvater beispielsweise war Anwalt und verfügte über die Mittel, für die Muslime im Punjab eine Schule zu stiften. Wie er besuchten mein Großvater und auch mein Vater eine englische Universität. Unsere Familie besitzt ein Grundstück mitten in Gulberg, einem der teuersten Viertel der Stadt. Wir haben mehrere Hausangestellte, darunter einen Fahrer und einen Gärtner – was in Amerika hieße, dass unsere Familie sehr wohlhabend ist.

Dennoch sind wir nicht reich. Die Männer und Frauen – ja, auch die Frauen – in meiner Familie arbeiten in gehobenen Berufen. Und für solche Leute war das halbe Jahrhundert seit dem Tod meines Urgroßvaters nicht gedeihlich. Die Gehälter sind nicht entsprechend der Inflation gestiegen, die Rupie hat gegenüber dem Dollar stetig an Wert verloren, und diejenigen von uns, die einstmals beträchtliche Familiengüter besaßen, mussten mit ansehen, wie diese von jeder – größeren – nachfolgenden Generation immer weiter aufgeteilt wurden. Mein Großvater konnte sich daher nicht das leisten, was sein Vater sich leisten konnte, und mein Vater konnte sich nicht leisten, was *sein* Vater sich leisten konnte, und als die Zeit kam, mich an die Universität zu schicken, war das Geld dazu einfach nicht da.

Doch wie in jeder traditionellen, klassenbewussten Gesellschaft sinkt der Status langsamer als der Reichtum. Wir sind also nach wie vor Mitglied im Punjab Club. Wir werden weiterhin zu den Empfängen, Hochzeiten und Partys der Elite der Stadt eingeladen. Und wir betrachten die aufsteigende Klasse der Unternehmer – der Inhaber legaler wie illegaler Geschäfte –, die in ihren neuen BMW-Geländewagen durch unsere Straßen brettern, mit einer Mischung aus Verachtung und Neid. Unsere Lage unterscheidet sich vielleicht nicht so sehr von jener der alten europäischen Aristokratie im neunzehnten Jahrhundert, die sich mit dem Aufstieg der Bourgeoisie konfrontiert sah. Nur dass wir natürlich Teil einer Malaise größeren Ausmaßes sind, die nicht nur die ehemals Reichen, sondern auch die ehemalige Mittelschicht befällt: die zunehmende Unfähigkeit, das zu kaufen, was wir früher einmal konnten.

Angesichts dieser Realität hat man zwei Möglichkeiten: Man tut so, als wäre alles gut, oder arbeitet hart dafür, dass es wieder so wird, wie es einmal war. Ich wählte beides. In Princeton gab ich mich wie ein junger Prinz, großzügig und sorglos. Gleichzeitig aber hatte ich drei Jobs auf dem Campus – alle an weniger frequentierten Orten wie beispielsweise der Bibliothek des Studienprogramms Naher Osten – und bereitete mich nachts auf meine Seminare vor. Die meisten meiner Bekannten waren von meiner zur Schau getragenen Fassade eingenommen. Jim nicht. Doch zum Glück sah er da, wo ich Scham sah, Chancen. Und er war – in mancher Hinsicht, nicht in jeder, wie ich später erfahren sollte – korrekt.

Ah, da kommt unser Tee! Schauen Sie doch nicht so argwöhnisch drein. Ich versichere Ihnen, Sir, dass Ihnen nichts Schlimmes widerfährt, nicht einmal Durchfall. Schließlich ist er ja nicht *vergiftet*. Kommen Sie, wenn es Sie beruhigt, tauschen wir die Tassen. So. Wie viel Zucker nehmen Sie? Keinen? Sehr ungewöhnlich, aber ich will Sie nicht drängen. Probieren Sie doch einmal diese klebrigen, orangefarbenen Süßigkeiten – Jalebis –, aber Vorsicht, sie sind scharf! Wie ich sehe, schmecken sie Ihnen. Ja, sie sind köstlich. Seltsam, wie erfrischend eine Tasse Tee selbst an einem warmen Tag wie diesem ist – eigentlich ein Wunder –, aber so ist es eben.

Ich habe Ihnen von meinem Bewerbungsgespräch mit Underwood Samson erzählt und dass Jim mich, wie er es nannte, *hungrig* fand. Ich wartete ab, was er als Nächstes sagen würde, und was er als Nächstes sagte, war Folgendes: »Gut, *Changez*, dann wollen wir Sie mal testen. Ich gebe Ihnen einen Geschäftsvorgang, eine Firma, die Sie bewerten sollen. Sie können mich alles fragen, was Sie wissen müssen – denken Sie an ein Ratespiel –, und Ihre Berechnungen können Sie mit dem

Bleistift und Papier hier machen. Fertig?« Ich bejahte, und er fuhr fort: »Ich werfe Ihnen einen kniffligen Ball zu. Sie brauchen jetzt ein bisschen Kreativität. Die Firma ist einfach. Sie hat nur einen Geschäftszweig: Blitz-Reisen. Man betritt ihren Terminal in New York und taucht gleich darauf in ihrem Terminal in London wieder auf. Wie ein Transporter in *Star Trek*. Alles klar? Schön. Dann los.«

Nach außen hin dürfte ich in dem Moment wohl ruhig gewirkt haben, aber innerlich war ich in Panik. Wie bewertet man eine fiktive Fantasiefirma, wie er sie gerade beschrieben hatte? Wo fängt man da überhaupt an? Ich hatte keine Ahnung. Ich sah Jim an, doch für den war es offensichtlich kein Scherz. Also holte ich tief Luft und schloss die Augen. Als ich Fußball spielte, brachte ich mich immer in einen bestimmten Geisteszustand: Mein Ich verschwand, und ich war frei, frei von Zweifeln und Grenzen, frei, mich auf nichts als das Spiel zu konzentrieren. Wenn ich diesen Zustand erlangte, fühlte ich mich unaufhaltsam. Sufi-Mystiker und Zen-Meister würden das Gefühl wohl verstehen. Wahrscheinlich machten die Krieger im Altertum etwas Ähnliches, bevor sie in die Schlacht zogen, nahmen in einem Ritual ihren bevorstehenden Tod an, so dass sie unbelastet von Furcht funktionieren konnten.

In diesen Zustand versetzte ich mich nun in dem Bewerbungsgespräch. Mein ganzes Wesen war darauf gerichtet, meinen Weg durch das Projekt zu suchen. Ich begann mit Verständnisfragen zur Technik: wie skalierbar sie war, wie zuverlässig, wie sicher. Dann fragte ich Jim nach der Umgebung:

ob es unmittelbare Konkurrenten gab, was die Regulierungsbehörde unternehmen würde, ob manche Lieferanten besonders bedenklich waren. Danach betrachtete ich die Kostenseite, um mir ein Bild zu machen, mit welchen Ausgaben wir rechnen mussten. Und schließlich sah ich mir die Einnahmen an, zog die Concorde als Beispiel dafür heran, wie es um Preisaufschlag und Nachfrage bestellt ist, wenn man die Reisezeit halbiert, und schätzte dann ab, wie viel mehr man bekommen würde, wenn man sie auf null reduzierte. Nachdem ich das alles getan hatte, rechnete ich die Profite für die Zukunft hoch und diskontierte daraus den NPV, also den Gegenwartswert. Und so gelangte ich zu einer Zahl.

»Zwei Komma drei Milliarden Dollar«, sagte ich. Jim schwieg eine Weile. Dann schüttelte er den Kopf. »Maßlos optimistisch«, sagte er. »Sie schätzen die Akzeptanz der Kunden diesem Ding gegenüber viel zu hoch ein. Würden Sie denn gern in eine Maschine steigen, sich entmaterialisieren und dann Tausende von Kilometern entfernt wieder zusammensetzen lassen? Genau um so einen gehypten Mist durchzurechnen, bezahlen unsere Klienten Underwood Samson.« Ich ließ den Kopf hängen. »Aber«, fuhr Jim fort, »Ihr Ansatz war richtig. Sie haben die nötigen Voraussetzungen. Sie brauchen nur noch Training und Erfahrung.« Er hielt mir die Hand hin. »Sie haben ein Angebot. Wir geben Ihnen eine Woche für Ihre Entscheidung.«

Erst glaubte ich ihm nicht. Ich fragte ihn, ob das sein Ernst sei, ob ich nicht noch eine zweite Runde durchlaufen müsse. »Wir sind eine kleine Firma«, sagte er. »Wir verschwenden keine Zeit. Außerdem bin ich für die neuen Berater zuständig. Ich brauche keine zweite Meinung.« Mir wurde bewusst, dass seine Hand noch immer zwischen uns in der Luft hing, und voller Angst, sie könnte zurückgezogen werden, packte und schüttelte ich sie. Sein Griff war fest und schien mir in dem Moment zu übermitteln, dass Underwood Samson das Potenzial hatte, mein Leben mit derselben Gewissheit zu verändern, wie es seines verändert hatte, wodurch meine Sorgen bezüglich Geld und Status in eine ferne Vergangenheit gerückt wurden. Ich weiß noch, wie ich an jenem Spätnachmittag zu meinem Wohnheim zurückging – Edwards Hall hieß es. Der Himmel war von einem strahlenden Blau, so anders als der orangefarbene, staubige Himmel heute über uns, und ich spürte, wie etwas in mir aufwallte, ein Stolz, der so stark war, dass ich davon den Kopf hob und zu meiner Überraschung wie sicher auch der der anderen Studenten, die vorüberkamen, schrie: »Danke, Gott!«

Ja, es war berauschend. *So* sehe ich Princeton, wenn ich, zugegebenermaßen etwas weitschweifig, daran zurückdenke. Princeton hat mir alles ermöglicht. Doch darüber habe ich nicht, ja, *konnte* ich nicht vergessen, wie sehr ich zum Beispiel den Tee hier in meiner Heimatstadt genieße, wenn er lange genug gezogen und eine kräftige, dunkle Farbe angenommen hat und dann noch mit frischer Vollmilch cremig gemacht wird. Er ist doch hervorragend, oder? Aber Sie haben ausgetrunken. Gestatten Sie, dass ich Ihnen noch eine Tasse eingieße.

2

Sehen Sie die Mädchen dort, in den Jeans mit Farbspritzern darauf? Ja, sie sind wirklich sehr attraktiv. Und wie anders sie aussehen als die Frauen der Familie, die da an unserem Nachbartisch in ihrer traditionellen Kleidung sitzen. Die Staatliche Kunstakademie ist nicht weit – eigentlich gleich um die Ecke –, und die Studenten kommen von dort oft auf eine Tasse Tee her, genau wie wir jetzt. Eine ist Ihnen offenbar besonders aufgefallen; sie ist in der Tat eine Schönheit. Sagen Sie, Sir, haben Sie in Ihrer Heimat eine Liebe zurückgelassen – männlich oder weiblich, ich kenne Ihre Neigungen ja nicht, wenngleich die Intensität Ihres Blicks Letzteres nahelegt?

Ihr Achselzucken ist unergründlich, aber ich bin mitteilsamer. Ich ließ nämlich eine zurück, sie hieß Erica. Wir lernten uns im Sommer nach dem Examen kennen, wir gehörten zu einer Gruppe Princetonier, die zusammen in Griechenland Urlaub machen wollten. Sie und die anderen waren Mitglied im renommiertesten Essclub der Universität, dem Ivy, und sie reisten mit freundlicher Unterstützung ihrer Eltern oder der Dividenden aus ihren Treuhandvermögen, zu denen sie nun aufgrund ihres Alters Zugang hatten; ich hatte mir mein Essen immer in der Souterrainküche meines Wohnheims zubereitet und konnte nur dank meiner Einstellungsprämie von Underwood Samson mitfahren. Ich war mit einem der Ivy-Leute, Chuck hieß er, aus meiner Fußballzeit befreundet, und einige andere, die ich durch ihn kennengelernt hatte, mochten mich als exotische Bekanntschaft ganz gern.

Wir trafen uns in Athen, wo wir mit verschiedenen Flügen gelandet waren, und als ich Erica sah, konnte ich nicht anders, als ihr anzubieten, ihren Rucksack zu tragen – so atemberaubend *hoheitsvoll* war sie. Ihr Haar war wie eine Tiara aufgetürmt, und ihr Nabel – ah, welch ein Nabel: seine Festigkeit hatte er, wie ich später erfuhr, durch jahrelanges Taekwondo – lugte unter einem kurzen T-Shirt hervor, auf dem ein Bild des Vorsitzenden Mao prangte. Wir wurden einander vorgestellt, sie lächelte, als sie mir die Hand gab – ob sie mich unwiderstehlich kultiviert oder seltsam anachronistisch fand, wusste ich nicht –, dann zogen wir alle nach Piräus los.

Es zeigte sich sogleich, dass ich bei meiner Werbung um Erica das Feld nicht für mich haben würde. Ja, kaum hatte unsere Fähre zu den Inseln abgelegt, begann ein junger Mann auf der anderen Deckseite – vor seiner nackten, aber nicht sehr muskulösen Brust hing ein Zahn an einer Lederschnur –, auf seiner Gitarre zu klampfen und ihr ein Ständchen zu bringen. »Was ist denn das für eine Sprache?«, fragte sie mich und beugte sich so weit zu mir, dass ihr Atem mich am Ohr kitzelte. »Englisch, glaube ich«, antwortete ich nach konzentriertem Hinhören. »Genauer gesagt, Bryan Adams, *Summer of '69.*« Sie lachte. »Du hast recht«, sagte sie, senkte dann höflich die Stimme, um hinzuzufügen: »Mann, ist der schlecht!« Ich wollte ihr eigentlich zustimmen, aber da ich nun wusste, dass der Troubadour keine Gefahr darstellte, zog ich es vor, in großmütigem Schweigen zu verharren.

Eine ernstere Herausforderung stellte dann Chucks guter und gleichfalls einsilbig benamster Freund Mike dar, der am nächsten Tag, als wir in einem Restaurant über dem Rand des zerschmetterten Vulkans saßen, aus dem die Insel Santorini besteht, beiläufig den Arm über die Rückenlehne von Ericas Stuhl legte und ihn fast eine Stunde in dieser Position ließ, die ihm bestimmt unbequem wurde. Erica gab ihm kein Zeichen, den Arm wegzunehmen, allerdings tröstete ich mich damit, dass sie das ganze Essen hindurch *sehr aufmerksam* zuhörte, wenn ich etwas sagte, von Zeit zu Zeit lächelte und ihre grünen Augen auf mich richtete. Danach jedoch, auf dem Rückweg zu unserer Pension, ließen sie und Mike sich zurückfallen, und in jener Nacht fand ich kaum Schlaf.

Am Morgen sah ich zu meiner Erleichterung, dass sie *vor* Mike zum Frühstück herunterkam – nicht mit ihm –, ebenso freute ich mich darüber, dass wir beide anscheinend als Erste unserer Gruppe wach waren. Sie strich Marmelade auf ein Croissant, gab mir die Hälfte und sagte: »Weißt du, was ich gern tun würde?« Ich fragte sie, was es sei. »Ich würde gern allein hier sein«, sagte sie, »mir auf einer dieser Inseln ein Zimmer mieten und einfach bloß schreiben.« Dann solle sie das doch tun, sagte ich, sie aber schüttelte den Kopf. »Das würde keine Woche gutgehen. Ich kann schlecht allein sein. Aber du«, und hier neigte sie den Kopf und verschränkte die Arme, »ich glaube, du könntest das.«

Soweit ich weiß, hatte ich nie Angst vorm Alleinsein, also zuckte ich beipflichtend die Achseln und fügte erklärend hinzu: »Als ich ein Kind war, waren wir zu acht, acht Cousins und Cousinen, alle auf einem Hof – eine Grenzmauer umgab nämlich das Grundstück, das mein Großvater seinen Söhnen hinterließ –, und wir hatten gemeinsam drei Hunde, eine Zeitlang auch eine Ente.« Sie lachte und sagte dann: »Da war Alleinsein wohl eher ein Luxus, was?« Ich nickte. »Du verströmst so ein starkes Heimatgefühl«, sagte sie, »weißt du das? So ich-komme-aus-einer-großen-Familie-mäßig. Das ist schön. Das gibt einem so was Stabiles.« Darüber freute ich mich – auch wenn ich nicht so recht wusste, ob ich es ganz verstanden hatte – und sagte, weil mir nichts Besseres einfiel, danke. Dann fragte ich sie, zögernd, denn ich wollte nicht zu dreist sein: »Und du, fühlst du dich stabil?«

Sie dachte darüber nach und sagte mit, wie ich fand, einer gewissen Trauer in der Stimme: »Manchmal, das heißt, nein, eigentlich nicht.« Bevor ich etwas erwidern konnte, setzte sich Chuck dazu, dann kam Mike, und das Gespräch kam auf Strände und Kater und den Zeitplan der Fähren. Aber als ich Erica ansah und sie mich, spürte ich, dass wir beide wussten, dass zwischen uns etwas ausgetauscht worden war, vielleicht die erste Einladung zu einer Freundschaft, daher wartete ich geduldig auf eine Gelegenheit, unser Gespräch wieder aufzunehmen.

Eine solche Gelegenheit ließ lange auf sich warten – eigentlich mehrere Tage lang. Vielleicht glauben Sie, dass mich das Warten frustrierte, aber Sie müssen bedenken: In meinem ganzen Leben hatte ich noch nie solche Ferien verlebt. Wir mieteten uns Motorroller und kauften Strohmatten, die wir dann an Stränden aus schwarzem Lavasand ausbreiteten, die die Sonne zu stark für nackte Haut aufgeheizt hatte; wir wohnten in putzigen Häuschen, die im Sommer von älteren Paaren zimmerweise an Touristen vermietet wurden; wir aßen gegrillten Tintenfisch und tranken Sprudelwasser und Rotwein. Davor war ich noch nie in Europa gewesen, geschweige denn im Meer geschwommen – wie Sie ja wissen, ist Lahore anderthalb Flugstunden von der Küste entfernt –, also gab ich mich den Vergnügungen in dieser reichen, jungen Gesellschaft hin.

Zugegeben, es waren da schon *einzelne* Dinge, die mich störten. Beispielsweise die Leichtigkeit, mit der sie ihr Geld ausgaben und sich nichts dabei dachten, dass ein Essen auch mal – wenn auch nicht sehr häufig – vielleicht fünfzig Dollar pro Nase kostete. Oder ihre Selbstgerechtigkeit beim Umgang mit Leuten, die sie für ihre Dienste bezahlt hatten; »Aber Sie haben es uns doch *gesagt*«, beschwerten sie sich bei Griechen, die doppelt so alt wie sie waren, um dann darauf zu beharren, dass etwas nach ihrem Willen lief. Ich mit meinen begrenzten und abnehmenden Geldreserven und meiner traditionellen Ehrerbietigkeit Älteren gegenüber wunderte mich, durch welche Laune der Menschheitsgeschichte meine Begleiter, denen es so ganz an Kultiviertheit fehlte und von denen ich viele in meinem Land als Emporkömmlinge betrachtet hätte, in der Lage waren, sich auf der Welt zu benehmen, als wären sie ihre herrschende Klasse.

Aber vielleicht neige ich auch dazu, diese Ärgernisse rückblickend und in dem Wissen, welchen Verlauf mein Verhältnis zu Ihrem Land später genommen hat, zu übertreiben. Zudem standen die Übrigen der Gruppe für mich nur im Hintergrund; im Vordergrund schimmerte Erica, und sie zu beobachten schenkte mir eine enorme Befriedigung. Sie hatte mir gesagt, dass sie nicht gern allein sei, und ich merkte zunehmend, dass sie es auch selten war. Sie zog die Menschen an; sie hatte Präsenz, einen ungewöhnlichen *Magnetismus*. Wollte ein Naturforscher ihre Wirkung auf ihre Umgebung dokumentieren, er würde sie wahrscheinlich mit der einer Löwin vergleichen: kräftig, geschmeidig und immerzu Stolz ausstrahlend.

Dennoch hatte man das Gefühl, dass sie innerlich einen gewissen Abstand zu denen hielt, die um sie herum waren. Nicht, dass sie unnahbar gewesen wäre; sie hatte ein freundliches Wesen. Aber man spürte, dass ein Teil von ihr – und das war vielleicht kein unwesentlicher Aspekt ihres Reizes – unerreichbar war, versunken in ungesagten Gedanken. Es genügt zu erwähnen, dass sie im Verhältnis zu den zeitgenössischen Frauenikonen Ihres Landes weniger dem Lager der Spears' als dem der Paltrows angehörte.

Aber mein kultureller Verweis ist bei Ihnen auf taube Ohren gestoßen! Sie wirken abgelenkt, Sir; die hübschen Mädchen von der Staatlichen Kunstakademie haben offensichtlich wieder Ihre Aufmerksamkeit in Beschlag genommen. Oder beobachten Sie vielleicht den Mann da, den mit dem Bart, der viel länger ist als meiner, den, der neben den Mädchen stehen geblieben ist? Sie glauben, er wird sie wegen der Unangemessenheit ihrer Kleidung schelten: ihrer T-Shirts und Jeans? Kaum anzunehmen. Diese Mädchen fühlen sich in dieser Gegend wohl und kommen wahrscheinlich häufig her, es ist eher er, der deplatziert wirkt. Außerdem gehört zu den vielen Regeln, die für die Basare von Lahore gelten, diese: Wird eine Frau von einem Mann belästigt, hat sie das Recht, sich an die brüderlichen Instinkte der Menge zu wenden, und man weiß, dass die Menge Männer verprügelt, die ihre Schwestern ärgern. *Da*, Sir, sehen Sie? Er ist weitergegangen. Er hat nur etwas angestarrt, was ihn fasziniert hat, genau wie Sie selbst; Sie natürlich mit erheblich mehr Diskretion.

Ich jedenfalls bemühte mich in jenem Sommer in Griechenland mit Erica, sie nicht anzustarren. Doch gegen Ende unserer Ferien, auf Rhodos, konnte ich nicht mehr anders. Sie waren noch nie auf Rhodos? Da müssen Sie mal hin. Diese Insel erschien mir anders als alle anderen, auf denen wir waren. Die Städte dort waren befestigt, von alten Burgen behütet; sie schützten sie gegen die Türken – so wie das im heutigen Griechenland Armee, Marine und Luftwaffe tun – als Teil einer Mauer gegen den Osten, die noch immer steht. Was für ein seltsamer Gedanke, dass ich auf der anderen Seite aufgewachsen war!

Aber das tut jetzt nichts zur Sache. Ich wollte Ihnen von dem Augenblick erzählen, der mich zwang, sie anzustarren. Wir lagen in der Sonne am Strand, und viele europäische Frauen waren, wie üblich, oben ohne – eine Gewohnheit, die ich vollen Herzens unterstützte, die die Frauen unter uns Princetoniern jedoch bis dahin leider nicht übernommen hatten –, als ich sah, dass Erica die Träger ihres Bikinioberteils löste. Und dann, nur eine Armeslänge entfernt, bot sie ihren Busen vor meinen Augen der Sonne dar.

Einen Augenblick später – nein, Sie haben recht: Ich bin nicht aufrichtig; es war *mehr* als ein Augenblick – drehte sie den Kopf zur Seite und sah, wie ich sie anstarrte. Etliche mögliche Alternativen boten sich an: Ich konnte jäh den Blick abwenden und damit nicht nur beweisen, dass ich hingestarrt hatte, sondern auch, dass mir ihre Nacktheit Unbehagen bereitete; ich konnte, nach einer kleinen Weile, beiläufig woanders hinsehen, als wäre der Anblick ihrer Brüste das Natürlichste auf der Welt gewesen; ich konnte weiter hinstarren und damit meine Bewunderung für das, was sie da enthüllt hatte, ehrlich bekunden; oder ich konnte durch eine wohlplatzierte literarische Anspielung ihre Aufmerksamkeit darauf lenken, dass es eine Stelle in *Herr Palomar* gab, die mein Dilemma perfekt erfasste.

Doch ich tat nichts davon. Vielmehr errötete ich und sagte »Hallo«. Sie lächelte – mit untypischer Scheu, wie mir schien – und antwortete »Hi«. Ich nickte und überlegte, was ich sonst noch sagen konnte, aber mir fiel nichts ein, und so sagte ich noch einmal »Hallo«. Gleich darauf hätte ich mich am liebsten in Luft aufgelöst; ich wusste, dass ich unfassbar dumm klang. Sie lachte auf, ihre kleinen Brüste wippten, und sie sagte: »Ich geh schwimmen.« Aber dann drehte sie sich im Gehen halb um und fügte hinzu: »Kommst du mit?«

Ich folgte ihr und beobachtete dabei, wie die Muskeln auf ihrem unteren Rücken sich sanft spannten, um ihr Rückgrat zu stützen. Wir erreichten das Wasser; es war warm und vollkommen klar, unter seiner Oberfläche sah man runde Kiesel und die Blitze kleiner Fische. Wir glitten hinein, sie schwamm mit kräftigen Stößen in die Bucht hinaus und trat dann Wasser, bis ich zu ihr aufgeschlossen hatte. Eine Zeitlang schwiegen wir, während unsere glitschigen Beine, das Meer aufwühlend, einander streiften. »Ich glaube«, sagte sie schließlich, »ich bin noch keinem in unserem Alter begegnet, der so höflich ist wie du.« »Höflich?«, sagte ich, nicht gerade freudestrahlend. Sie lächelte. »So meine ich das nicht«, sagte sie. »Nicht *langweilig* höflich. Respektvoll höflich. Du lässt einem Raum. Das mag ich wirklich. Es ist ungewöhnlich.«

Wir hüpften weiter voreinander auf und ab, und ich gewann den Eindruck, dass sie auf eine Antwort von mir wartete, doch alle Wörter hatten mich verlassen. Stattdessen mühten sich meine Gedanken darum, ein Gesicht aufzusetzen, das nicht idiotisch wirkte. Sie machte kehrt und schwamm Richtung Strand, den Kopf über Wasser. Ich zog neben sie und sagte, endlich über meine gelähmte Zunge siegend: »Sollen wir zurück in die Stadt und was trinken gehen?« Worauf sie die Augenbrauen hob und in einem für sie unüblichen Tonfall antwortete: »Mit dem größten Vergnügen, mein Herr.«

Am Strand zog sie ein Hemd an – ein Herrenhemd, das weiß ich noch, blau, an den Kragenspitzen abgestoßen – und stopfte Handtuch und Bikinioberteil in eine Tasche. Von unseren Begleitern wollte keiner mit, da der Tag noch mindestens eine Stunde Sonnenbräunung bot, also gingen wir allein zur Straße und nahmen den Bus. Als wir so nebeneinandersaßen, fiel mir natürlich auf, dass ihr nacktes Bein keine zwei Zentimeter von meiner Hand entfernt war, die auf meinem Schenkel lag.

Es ist doch auffallend, wie viel empfänglicher man hier in Pakistan für den Anblick eines Frauenkörpers ist. Finden Sie nicht? Der Bärtige da, Sir, der noch immer von Zeit zu Zeit Ihre misstrauischen Blicke auf sich zieht, schaut sich ständig nach diesen Mädchen um, die fünfzig Meter von ihm entfernt sind. Dabei zeigen sie nur das Fleisch von Hals, Gesicht und den unteren drei Vierteln der Arme! Es ist der Effekt der Knappheit; die Anstandsregeln sorgen dafür, dass man nach dem Ungehörigen *lechzt*. Ist man zudem derart sensibilisiert, stumpft man nur langsam ab, wenn überhaupt; als ich in Griechenland Ferien machte, hatte ich schon vier Jahre in Amerika gelebt und alle Vertraulichkeiten kennengelernt, die

Studenten gemeinhin erleben, und dennoch nahm ich sichtbare weibliche Haut nach wie vor deutlich wahr.

Um mich nicht weiter unhöflich auf Ericas weizenfarbene Gliedmaßen zu konzentrieren, fragte ich sie, ob sie das Hemd von ihrem Vater habe. »Nein«, sagte sie und rieb den Stoff zwischen Daumen und Zeigefinger, »das hat mal meinem Freund gehört.« »Ach«, sagte ich. »Ich habe nicht gewusst, dass du einen Freund hast.« »Er ist letztes Jahr gestorben«, sagte sie. »Er hieß Chris.« Ich sagte, das tue mir leid und dass es ein schönes Hemd sei, Chris habe einen hervorragenden Geschmack gehabt. Sie stimmte mir zu und meinte, er sei ein richtiger Dandy gewesen und ziemlich eitel, sogar noch im Krankenhaus. Die Krankenschwestern seien von ihm ganz bezaubert gewesen: Er habe sehr gut ausgesehen und einen, wie sie es nannte, *alteuropäischen* Reiz ausgeübt.

In der Stadt fanden wir dann nahe am Hafen ein Café, dessen Tische im Schatten blau-weißer Schirme standen. Sie bestellte ein Bier, ich tat es ihr nach. »Wie ist denn Pakistan so?«, fragte sie. Ich sagte, Pakistan sei vieles, Küste, Wüste und auch Ackerland, das sich zwischen Flüssen und Kanälen erstrecke; ich erzählte ihr, ich sei mit meinen Eltern und meinem Bruder auf der Karakorum-Straße nach China gefahren und dabei durch Täler gelangt, die höher als die Gipfel der Alpen seien; ich erzählte ihr, Alkohol sei für Muslime verboten, daher hätte ich einen christlichen Schwarzhändler gehabt, der mir welchen mit seinem Suzuki-Pick-up ins Haus gebracht habe. Sie hörte mir aufmerksam zu, wobei sie zwischendurch immer wieder lächelte, als nippte sie an meinen Beschreibungen und fände sie schmackhaft. Dann sagte sie: »Du vermisst dein Zuhause.«

Ich zuckte die Achseln. Tatsächlich vermisste ich es oft, aber in jenem Moment hätte ich nirgendwo anders sein wollen. Sie zog ihr Notizbuch hervor – es war in weiches, orangefarbenes Leder gebunden; ich hatte davor schon gesehen, wie sie in ungestörten Augenblicken der Stille darin geschrieben hatte –, reichte es mir zusammen mit einem Bleistift und sagte: »Wie sieht eure Schrift aus?« Ich sagte: »Urdu ist dem Arabischen ähnlich, aber wir haben mehr Buchstaben.« Sie sagte: »Zeig mal«, also schrieb ich etwas. »Das ist wunderschön«, sagte sie und sah mir in die Augen. »Was bedeutet es?« »Das ist dein Name«, antwortete ich, »und das darunter ist meiner.«

Wir blieben an unserem Tisch und redeten, während die Sonne unterging, und sie erzählte mir von Chris. Sie waren zusammen aufgewachsen – in gegenüberliegenden Wohnungen, Kinder im selben Alter, ohne Geschwister – und waren lange vor ihrem ersten Kuss beste Freunde gewesen; der kam, als sie sechs waren, wurde aber erst mit fünfzehn wiederholt. Er hatte eine Sammlung europäischer Comics, nach denen sie ganz verrückt waren, und sie verbrachten Stunden damit, sie zu Hause zu lesen und eigene zu machen: Chris zeichnete, Erica schrieb. Sie wurden beide in Princeton angenommen, aber er ging nicht hin, weil man bei ihm Lungenkrebs feststellte – er hatte *eine* Zigarette geraucht, sagte sie lächelnd, aber erst an dem Tag, nachdem er die Ergebnisse seiner Biopsie erhalten hatte –, und sie sorgte dafür, dass sie nie freitags Unterricht hatte, damit sie drei Tage die Woche bei ihm in New York sein konnte. Er starb drei Jahre später, am Ende des Frühjahrssemesters ihres vorletzten Jahres. »Ich vermisse also auch irgendwie mein Zuhause«, sagte sie, »nur dass mein Zuhause ein Typ mit langen, dünnen Fingern war.«

Abends gingen wir dann mit der Gruppe essen, und Erica setzte sich mir gegenüber. Chuck brachte uns alle zum Lachen, indem er uns mit unglaublicher Treffsicherheit imitierte – meine Manierismen fand ich etwas übertrieben dargestellt, aber die der anderen trafen genau ins Schwarze –, dann ging er um den Tisch herum und forderte jeden auf, seinen Traum preiszugeben, was er am liebsten sein wollte. Als ich an die Reihe kam, sagte ich, ich hoffte, eines Tages Diktator einer islamischen Republik mit Nuklearpotenzial zu sein; die anderen schienen schockiert, und ich sah mich zu der Erklärung gezwungen, dass ich bloß einen Witz gemacht hatte. Nur Erica lächelte; offenbar verstand sie meinen Humor.

Erica sagte, sie wolle Schriftstellerin werden. Ihre Abschlussarbeit war ein langes literarisches Werk gewesen, mit dem sie in Princeton einen Preis gewonnen hatte; sie plante, es zu überarbeiten und es dann Literaturagenten zu geben und zu sehen, wie sie es fanden. Normalerweise erzählte Erica wenig von sich, und als sie es an dem Abend tat, senkte sie etwas die Stimme und sah dabei häufig mich an. Trotz der Anwesenheit unserer Gefährten, deren Aufmerksamkeit sie, wie immer, auf sich zog, hatte ich das Gefühl, dass sie mit mir eine Vertrautheit teilte, und dieses Gefühl wurde noch stärker, als sie mir unaufgefordert half, nachdem sie gesehen hatte, wie ich mich abmühte, das Fleisch von den Gräten meines Fischs zu trennen.

Körperlich war nichts zwischen mir und Erica in Griechenland; nicht einmal Händchen hielten wir. Aber sie gab mir ihre Nummer in New York, wohin wir beide zurückflogen, und sie bot mir an, mir bei der Eingewöhnung zu helfen. Was mich betraf, so war ich zufrieden: Ich hatte Bekanntschaft mit einer Frau geschlossen, in die ich wirklich und wahrhaftig verknallt war, und meine Begeisterung angesichts der Abenteuer, die mein neues Leben für mich bereithielt, war nie ausgeprägter gewesen.

Aber was ist das? Ah, Ihr Handy! So eines habe ich noch nie gesehen; das ist wohl so ein Modell, mit dem man über Satellit kommunizieren kann, wenn man in einem Funkloch ist. Wollen Sie nicht drangehen? Ich versichere Ihnen, Sir, ich werde mein *Möglichstes* tun, wegzuhören. Aber offenbar schreiben Sie lieber eine SMS, sehr klug: Häufig sind ein paar Worte mehr als genug. Ich warte gern, bis Sie fertig getippt haben. Schließlich haben die Mädchen von der Staatlichen Kunstakademie gerade erst ihren Tee ausgetrunken, und wir werden das Vergnügen ihrer Anwesenheit auf dieser Straße noch etwas länger haben, bis sie – was zwangsläufig geschehen wird – um die Ecke dort verschwunden sind.

3

Wir Einheimischen schätzen diese letzten Tage dessen, was man hier in Lahore unter Frühling versteht; die Sonne ist zwar heiß, hat aber einen beruhigenden Effekt. Oder hat, wie ich wohl sagen sollte, einen beruhigenden Effekt auf *uns*, denn Sie, Sir, scheinen sich noch immer unwohl zu fühlen. Ich hoffe, es macht Ihnen nichts aus, wenn ich das sage, aber die Häufigkeit und Beharrlichkeit, mit der Sie sich umschauen – wenn Sie den Blick von einem Punkt zum nächsten lenken, scheint es in Ihrem Kopf unablässig tick-tick-tick zu machen –, erinnert an das Verhalten eines Tiers, das sich zu weit von seinem Bau entfernt hat und nun in der unvertrauten Umgebung nicht recht weiß, ob es Jäger oder Beute ist!

Wollen Sie sich nicht endlich mal von Ihrem Ausländergefühl verabschieden, sich beobachtet zu fühlen? Schauen Sie lieber, wie lang die Schatten geworden sind. Bald werden die Tore an beiden Enden des Markts für den Verkehr geschlossen, dann wird aus Alt-Anarkali eine autofreie Piazza. Sie haben sogar schon damit begonnen. Ob die Polizei die Jungs da auf ihren Motorrollern verhaftet? Aber nur, wenn sie sie erwischen! Und da flitzen sie schon davon und sind entkommen. Aber sie werden die Letzten sein. Jetzt schließen sie die Tore, wie Sie sehen, und die verbleibenden Lücken sind zu schmal für alles, das breiter ist als ein Mensch.

Sie werden bemerkt haben, dass die neueren Viertel von Lahore den Bedürfnissen derer, die zu Fuß gehen müssen, nicht entsprechen. Mit ihrer Weitläufigkeit, ihren öffentlichen Parkanlagen und den breiten, baumgesäumten Boulevards erzwingen sie eine alte Hierarchie, die vom Land zu uns kommt: die Überlegenheit des Mannes zu Pferde gegenüber dem zu Fuß. Hier aber, wo wir sitzen, und in den noch älteren Vierteln, die zwischen uns und dem Fluss Ravi liegen – das überfüllte, labyrinthartige Herz der Stadt –, ist Lahore demokratischer und *urban*. Dort nämlich ist der Mensch mit vier Rädern gezwungen auszusteigen und Teil der Menge zu werden.

Wie Manhattan? Ja, genau! Und das war auch einer der Gründe, weshalb der Umzug nach New York – ganz unerwartet – so etwas wie eine Heimkehr war. Aber es gab auch noch andere Gründe: dass Taxifahrer Urdu sprachen, dass es nur zwei Blocks von meiner Wohnung im East Village ein Lokal namens Pak-Punjab Deli gab, wo man Samosa und Channa servierte, dass ich zufällig über die Fifth Avenue ging und aus Lautsprechern, die auf einem Festwagen der South Asian Gay and Lesbian Association standen, ein Lied hörte, zu dem ich auf der Hochzeit meines Vetters getanzt hatte.

In einem U-Bahn-Wagen fiel meine Haut normalerweise in die Mitte des Farbenspektrums. An Straßenecken fragten mich Touristen nach dem Weg. In den viereinhalb Jahren war ich nie Amerikaner, aber *sofort* New Yorker. Wie? Warum ich meine Stimme hebe? Sie haben recht, ich werde leicht emotional, wenn ich an diese Stadt denke. Sie nimmt noch immer einen Platz von großer Zuneigung in meinem Herzen ein, was schon einiges ist, wenn man die Umstände bedenkt, unter denen ich nach nur acht Monaten von dort fortzog.

Sicher hatte viel von New Yorks Faszination mit meiner Begeisterung für Underwood Samson zu tun. Ich erinnere mich noch, wie ich staunte, als ich dort den Dienst antrat. Die Büroräume lagen im 41. und 42. Stockwerk eines Hochhauses in Midtown – höher als die beiden höchsten Gebäude hier in Lahore, wenn man sie übereinanderstapeln würde –, und obwohl ich schon vorher im Flugzeug geflogen und im Himalaya gewesen war, hatte nichts mich auf das Drama, die *Wucht* des Ausblicks von ihrem Vorzimmer vorbereitet. Da wurde mir bewusst, dass es eine andere Welt als Pakistan war; meine Füße wurden von den Errungenschaften der technisch fortgeschrittensten Zivilisation getragen, die unsere Spezies je gekannt hatte.

Während meines Aufenthalts in Ihrem Land bedrückten mich solche Vergleiche häufig. Eigentlich mehr als das: Ich ärgerte mich darüber. Vor viertausend Jahren hatten wir, die Menschen vom Indus-Becken, Städte, die als Gitter angelegt waren und ein unterirdisches Abwassersystem vorweisen konnten, während die Vorfahren derer, die in Amerika einfielen und es kolonisierten, noch Barbaren waren und nicht einmal lesen und schreiben konnten. Und nun waren unsere Städte weitgehend ungeplant und unhygienisch, und Amerika hatte Universitäten mit Stiftungsfonds, die jeweils größer waren als unser nationaler Bildungsetat. An diese gewaltige Ungleichheit erinnert zu werden weckte Scham in mir.

Aber nicht an jenem Tag. An jenem Tag sah ich mich nicht als Pakistani, sondern als Trainee bei Underwood Samson, und die imposanten Büroräume meiner Firma machten mich *stolz*. Ich wünschte, ich könnte sie meinen Eltern und meinem Bruder zeigen! Ich stand reglos da und sog alles auf, aber nicht lange; bald nach unserem Eintreffen wurden wir Beraterneulinge zu unserer Orientierungspräsentation in einen Konferenzraum geführt. Dort skizzierte uns ein Vizepräsident namens Sherman – sein Schädel glänzte frisch rasiert – das Ethos unserer neuen Organisation.

»Wir sind eine Meritokratie«, sagte er. »Wir glauben daran, die Besten zu sein. Sie waren die besten Kandidaten von den besten Schulen des Landes. Deshalb sind Sie hier. Aber die Meritokratie endet nicht mit der Einstellung. Wir werden Sie alle sechs Monate einstufen. Sie werden Ihr Ranking erfahren. Ihre Prämien und Ihr Staffing hängen davon ab. Arbeiten Sie gut, werden Sie belohnt. Wenn nicht, sitzen Sie vor der Tür. So einfach ist das. Ihr erstes Ranking werden Sie am Ende dieses Trainingsprogramms erhalten.«

Wirklich einfach. Ich schaute mich verstohlen um, um zu sehen, wie meine Trainee-Kollegen darauf reagierten. Außer mir waren es noch fünf, und vier saßen starr und steif da; der fünfte, ein Bursche namens Wainwright, wirkte entspannter. Er drehte seinen Füller in einer Weise zwischen den Fingern, die mich an Val Kilmer in *Top Gun* erinnerte, beugte sich zu mir und flüsterte: »Der Zweite kriegt null Punkte, Maverick.« »Du bist gefährlich, Ice Man«, antwortete ich und versuchte dabei, den schleppenden Tonfall eines Marinefliegers halbwegs zu treffen, dann grinsten wir einander an.

Doch abgesehen von solch unbeschwertem Geplänkel ging es am Arbeitsplatz nicht eben heiter zu. Während der nächsten vier Wochen folgten unsere Tage einer stetigen Routine. Vormittags hatten wir ein dreistündiges Seminar: eines aus einer Reihe von Modulen, mit denen sie versuchten, uns ein ganzes Jahr Wirtschaftsstudium zu vermitteln. Wir wurden von Professoren der angesehensten Institute unterrichtet – beispielsweise lehrte eine Frau aus Wharton Finanzwesen –, und die Ergebnisse der Tests, die wir machen mussten, wurden sorgfältig aufgezeichnet.

Der Lunch wurde in der Cafeteria eingenommen; bei Huhn-Pesto-mit-sonnengereiften-Tomaten-Wraps beobachteten wir den selbstgewissen Nachdruck, mit dem unsere Vorgesetzten sich gaben. Danach folgte ein Workshop, der uns mit Computerprogrammen wie PowerPoint, Excel und Access vertraut machen sollte. In diesem Unterricht saßen wir im Kreis um einen Ausbilder herum, der leise sprach und wie ein

Bibliothekar aussah; Wainwright nannte das unsere »Microsoft-Familienzeit«.

Und am Spätnachmittag wurden wir schließlich in zwei Dreiergruppen aufgeteilt, wo wir in, wie Sherman das nannte, »Soft Skills« unterwiesen wurden. Bei diesen Sitzungen gab es Rollenspiele mit lebensnahen Situationen wie den Umgang mit einem zornigen Kunden oder einem sturen Finanzchef. Wir lernten, die Denkweise eines anderen zu erkennen, seine Vorstellungen zu nutzen und so zu kanalisieren, dass wir das von uns gewünschte Ergebnis erreichten; man könnte es tatsächlich eine Art mentales Business-Judo nennen.

Sie sind ganz offensichtlich beeindruckt von der Gründlichkeit unserer Ausbildung. Das war ich auch. Sie stand für den systematischen Pragmatismus – nennen wir's *Professionalismus* –, der den Erfolg Ihres Landes auf so vielen Gebieten gewährleistet. In Princeton war das Lernen mit einer Aura von Kreativität umgeben; bei Underwood Samson wurde Kreativität nicht ausgespart – sie existierte weiterhin und war geschätzt –, aber sie musste nun der *Effizienz* den Vortritt lassen. Maximaler Ertrag war die Maxime, auf die wir immer wieder zurückkamen. Wir lernten, Prioritäten zu setzen – die Achse zu bestimmen, auf der man am günstigsten vorankam – und uns dann beharrlich dem Erreichen unseres Ziels zu widmen.

Aber meine Betrachtungen sind vielleicht doch recht trocken! Ich will damit nicht sagen, dass mir meine Einführung ins Reich der Hochfinanz keine Freude bereitete. Im Gegenteil. Ich fühlte mich gestärkt; die verschiedensten neuen Möglichkeiten eröffneten sich mir. Ich will Ihnen ein Beispiel geben: das Spesenkonto. Wissen Sie, wie berauschend es ist, eine Kreditkarte zu erhalten und gesagt zu bekommen, dass Ihre Firma die Rechnung für jedes vorgeblich arbeitsbezogene Essen, jede Bewirtung bezahlt? Verzeihen Sie: Natürlich wissen Sie es; schließlich sind Sie ja geschäftlich unterwegs. Doch für mich mit meinen zweiundzwanzig Jahren war es eine Offenbarung. Wenn ich wollte, konnte ich meine Kollegen zu einem After-Work-Drink einladen – etwas, das als »New Hire Cultivation« bezeichnet wurde – und ungestraft in einer Stunde mehr ausgeben, als mein Vater an einem Tag verdiente!

Wie Sie sich vorstellen können, machten wir New Hires weidlich Gebrauch von der Möglichkeit, einander regelmäßig zu kultivieren. Ich erinnere mich noch an den ersten Abend; wir gingen in die Bar des Royalton in der 44th Street. Sherman begleitete uns und bestellte eine Flasche Spitzenchampagner, um unsere Einführung zu begießen. Ich schaute mich um, als wir die Gläser hoben, um auf unser eigenes Wohl zu trinken. Zwei meiner fünf Kollegen waren Frauen, Wainwright und ich Nicht-Weiße. Wir waren ungeheuer verschieden ... Und dann auch wieder nicht: Wir alle, Sherman eingeschlossen, kamen von den gleichen Elite-Universitäten: Harvard, Princeton, Stanford, Yale; alle verströmten wir eine unerschütterliche Selbstgefälligkeit, und nicht einer von uns war klein oder übergewichtig.

Dann fiel mir auf – nein, ich muss ehrlich sein, es fällt mir erst *jetzt* auf –, dass wir, kahl geschoren und in Kampfanzüge gesteckt, praktisch nicht zu unterscheiden gewesen wären. Vielleicht hatte Wainwright Ähnliches gedacht, denn er zwinkerte mir zu und sagte – wie sich herausstellte, mit großer Voraussicht –: »Hüte dich vor der dunklen Seite, junger Skywalker.« Er hatte die Angewohnheit, aus populären Filmen zu zitieren, so wie meine Mutter aus den Gedichten von Faiz und Ghalib. Aber ich vermute, dass Wainwright diese Anspielung auf *Star Wars* überwiegend scherzhaft gemeint hatte, denn gleich darauf trank er wie ich – wie überhaupt alle – einen ordentlichen Schluck.

Sherman ging, als der Champagner getrunken war, sagte uns aber, wir sollten nach Herzenslust weitermachen und alles Underwood Samson in Rechnung stellen. Das taten wir auch und torkelten dann gegen Mitternacht auf die Straße. Wainwright und ich nahmen zusammen ein Taxi downtown. »Hey Mann«, sagte er, »kapierst du Kricket?« Ich fragte ihn, was er meine. »Mein Alter ist verrückt danach«, sagte er. »Er ist von Barbados. West Indies gegen Pakistan« – und hier verfiel er in einen karibischen Singsang –, »verdammt bestes Testmatch, das ich je gesehn hab.« Ich lachte. »Das muss ja in den Achtzigern gewesen sein«, sagte ich. »Jetzt sind beide Teams gerade nicht so gut.«

Wir hatten Hunger, und ich schlug vor, in das Pak-Punjab Deli zu gehen. Der Mann hinterm Tresen erkannte mich; am Morgen hatte er mir ein Essen spendiert, als ich erwähnte, es sei mein erster Arbeitstag. »Mein Freund«, sagte er und breitete die Arme zur Begrüßung aus. »Jenaab«, antwortete ich, den Kopf neigend, »gehst du denn nie nach Hause?« »Nicht genug«, sagte er. »Diesmal bestehe ich aber darauf, zu bezahlen«, sagte ich, zückte meine Kreditkarte und beugte mich – verschwörerisch wie auch betrunken – vor, um hinzuzusetzen: »Ich hab ein Spesenkonto.« Er schüttelte den Kopf und sagte zur sichtlichen Belustigung der erschöpften Taxifahrer, die dort saßen, es tue ihm leid, und wenn ich das Geld jetzt nicht hätte, könnte ich auch später bezahlen, aber American Express akzeptiere er nicht.

Obwohl wir auf Urdu sprachen, schien Wainwright zu verstehen. »Ich hab's bar«, sagte er. »Das Zeug sieht ja köstlich aus.« Darüber freute ich mich; auf unser Essen, das werden Sie während Ihrer Zeit hier wohl gemerkt haben, sind wir Lahoris sehr stolz. Außerdem ist es ein Zeichen der Freundschaft, wenn jemand einen zum Essen einlädt – was ein Verhältnis gegenseitiger Großzügigkeit einläutet –, und als ich dann eine Viertelstunde später sah, wie Wainwright sich die Finger ableckte, nachdem er das letzte Krümchen auf seinem Teller aufgetupft hatte, wusste ich, dass ich eine verwandte Seele im Büro gefunden hatte.

Aber warum schrecken Sie zurück? Ah ja, dieser Bettler ist ein besonders bedauernswerter Zeitgenosse. Man fragt sich, was für eine Reihe von *Unfällen* ihn so entstellt haben mag. Er geht so nah an Sie ran, weil Sie Ausländer sind. Geben Sie ihm etwas? Nein? Sehr klug; man sollte Bettler nicht ermutigen, und, ja, da haben Sie recht, es ist viel besser, wohltätigen Einrichtungen etwas zu geben, die die Ursachen der Armut angehen, und nicht ihm, einem Geschöpf, das nur ihr Symptom ist. Was ich mache? Ich gebe ihm ein paar Rupien – natürlich aus Torheit und nur ausnahmsweise. Da, er will für unser Wohlergehen beten; jetzt zieht er weiter.

Ich habe Ihnen von Wainwright erzählt. Im Laufe der nächsten Wochen zeigte es sich, dass er beste Chancen auf die Topposition in unserem Ranking hatte. Wir Berater-Trainees waren naturgemäß alle sehr ehrgeizig – das war zwangsläufig so, denn sonst hätten wir die Noten, deretwegen Underwood Samson uns überhaupt in Betracht gezogen hatte, gar nicht geschafft –, doch Wainright zeigte es nicht so offen; er war herzlich und respektlos und folglich bei nahezu allen beliebt. Dennoch hatte ich keinen Zweifel, dass mein Freund auch äußerst begabt war: Seine Präsentationen waren bemerkenswert klar, er zeichnete sich in unseren zwischenmenschlichen Übungen aus und hatte einen Instinkt dafür, herauszufinden, was bei einem Projekt das Wesentliche war.

Ich hoffe, Sie halten mich nicht für unbescheiden, wenn ich sage, dass auch ich mich von den anderen abhob. Ich hatte mir aus meiner Fußballzeit eine gewisse kontrollierte Aggression bewahrt – nein, keine Streitlust, sondern Entschlossenheit –, und die setzte ich für mein Streben nach Erfolg ein. Wie das? Nun, ich arbeitete hart – härter, so glaubte ich, als alle anderen: Ich gönnte mir nachts nur ein paar Stunden Schlaf –, und ich ging hochkonzentriert in jeden Unterricht. Meine Beharrlichkeit wurde von unseren Ausbildern häufig positiv erwähnt. Zudem erwies sich meine höfliche Förmlichkeit, die im Umgang mit meinen Altersgenossen zuweilen eine Barriere gewesen war, als ideal für das Arbeitsmilieu, in dem ich mich nun befand.

Ich habe mich später immer wieder gefragt, warum meine Eigenheiten bei meinen älteren Kollegen so ankamen. Vielleicht lag es an meiner Sprache: Wie Pakistan ist Amerika schließlich eine ehemalige englische Kolonie, und da ist es logisch, dass ein anglisierter Akzent in Ihrem wie auch in meinem Land noch immer mit Reichtum und Macht assoziiert wird. Vielleicht lag es auch an meiner Fähigkeit, mich in einer hierarchischen Umgebung respektvoll, aber auch mit Selbstachtung zu bewegen, wozu amerikanische Teenager — anders als ihre pakistanischen Pendants — anscheinend selten erzogen sind. Wie auch immer, ich spürte einen Vorteil, den ich mir als Ausländer verschafft hatte, und ich bemühte mich, ihn mir so gut ich konnte zunutze zu machen.

Die hohe Wertschätzung Wainwrights und meiner Leistungen wurde bestätigt, als wir Trainees für die Fahrt zu der alljährlichen Sommerparty in zwei Dreiergruppen aufgeteilt wurden. Die eine, darunter Wainwright und ich, fuhr bei Jim mit, dem leitenden Direktor, der uns eingestellt hatte, die andere mit Sherman, der als Vizepräsident im Pantheon von Underwood Samson auf einer tieferen Stufe stand. Da in unserer Firma nichts zufällig geschah, wussten wir alle, dass das ein Zeichen war.

Mit uns im Wagen saßen einige Kollegen und ein Vizepräsident aus einem von Jims Teams. Alle plauderten drauflos —

das heißt alle außer Jim und mir. Jim folgte schweigend dem Gespräch. Dann schaute er zu mir, und ich musste die Augen abwenden, damit er mich nicht dabei ertappte, wie *ich ihn* beobachtete. Doch er schaute mich in seiner unverwandten, durchdringenden Art weiter an, bis er schließlich sagte: »Sie haben ein wachsames Auge. Wissen Sie, woher das kommt?« Ich schüttelte den Kopf. »Das kommt daher, dass Sie sich fehl am Platz vorkommen«, sagte er. »Glauben Sie mir. Ich weiß das.«

Die Party fand in Jims Haus in den Hamptons statt, einem prachtvollen Anwesen, das mich an *Der große Gatsby* erinnerte. Es lag direkt am Strand, auf einer Anhöhe hinter einer schützenden Dünenkette, und hatte einen Swimmingpool, einen Tennisplatz und einen offenen weißen Pavillon, der zum Trinken und Tanzen am einen Ende der Rasenfläche erbaut war. Bei unserem Eintreffen spielte eine Swing-Band auf, und ich roch, dass Steaks und Hummer auf einen Grill geworfen wurden. Wainwright schien ganz in seinem Element: Er nahm eine der Kolleginnen am Arm, und schon bald wirbelten sie im Takt der Musik herum. Wir Übrigen standen mit einem Cocktail in der Hand am Rand und sahen zu.

Nach einer Weile trat ich vor den Pavillon, um frische Luft zu schnappen. Die Sonne war untergegangen, und in der Ferne, die geschwungene Küstenlinie entlang, funkelten die Lichter anderer Häuser. Die Wellen wisperten beim Heranspülen und erinnerten mich daran, dass ich vor nicht allzu langer Zeit in Griechenland gewesen war. Das Meer war mir immer als sehr fern erschienen, als Luxus und voller Abenteuer; nun wurde es beinahe zu einem normalen Teil meines Lebens. Wie viel sich in den vier Jahren seit meinem Abschied von Lahore doch verändert hatte!

»Ich erinnere mich noch gut an meine erste Sommerparty bei Underwood Samson«, sagte eine Stimme hinter mir. Ich drehte mich um; es war Jim. Er fuhr fort: »Es war ein herrlicher Abend, so wie jetzt. Es gab ein Barbecue, Musik. Erinnerte mich irgendwie an Princeton, wie mir zumute war, als ich dort ankam. Ich dachte, dass ich nichts dagegen hätte, selbst mal so ein Haus in den Hamptons zu haben.« Ich lächelte; Jim gab einem das Gefühl, er könne Gedanken lesen. »Ich weiß, was Sie meinen«, sagte ich. Jim ließ den Blick übers Wasser schweifen, und eine Weile standen wir schweigend nebeneinander. Dann sagte er: »Haben Sie Hunger?« »Ja«, antwortete ich. »Schön«, sagte er ermunternd und klopfte mir gleichzeitig mit der Hand auf die Schulter – eine seltsame, überlegte Geste – und führte mich nach drinnen zurück.

Ich merkte, wie ich mir im Lauf des Abends wünschte, Erica wäre da. Sie möchten wissen, was aus ihr geworden war? Nein, ich hatte sie nicht vergessen; sie nahm einen großen Teil meines Lebens in New York ein, ich komme gleich auf sie zurück. Jetzt aber wollte ich nur nebenbei erwähnen, dass Jims Haus so imposant war, dass ich dachte, sogar *sie* könnte beeindruckt sein. Und das heißt einiges, wie Sie noch verstehen werden.

Eine Woche danach, als das Ausbildungsprogramm zu Ende ging, rief Jim uns reihum in sein Büro. »Na?«, fragte er, »was glauben Sie, wie Sie waren?« »Ganz gut«, antwortete ich. Er lachte. »Sie waren besser als ganz gut«, sagte er. »Sie sind die Nummer eins Ihres Kurses. Ihre Ausbilder sagen, Sie hätten etwas Kriegerisches. Schämen Sie sich nicht dafür. Pflegen Sie es. Sie können weit damit kommen.« Ich freute mich ungeheuer, aber ich wusste nicht, was ich sagen sollte. »Bald habe ich ein neues Projekt«, fuhr Jim fort, »Musik-Business. Philippinen. Wollen Sie dabei sein?« »Unbedingt«, sagte ich. »Danke.«

Als ich Jims Büro verließ, wartete Wainwright auf mich. »Diesmal bin ich Zweiter geworden«, sagte er lächelnd. »Hab mir gedacht, dass du Erster wirst. Und so, wie du strahlst, hatte ich wohl recht.« »Das war Glück«, sagte ich. »So viel auch wieder nicht«, sagte er und legte mir den Arm um die Schultern. »Jetzt musst du aber einen ausgeben.«

Ja, in dem Augenblick war ich glücklich. Ich badete in dem warmen Gefühl, etwas erreicht zu haben. Nichts beschwerte mich; ich war ein junger New Yorker, dem die Stadt zu Füßen lag. Wie schnell sich das ändern sollte! Meine Welt sollte umgebaut werden wie dieser Markt um uns herum. Sehen Sie nur, wie schnell sie die großen Tische auf die Straße gebracht haben. Jetzt flanieren hier schon große Menschenmengen, wo noch vor wenigen Minuten der Verkehr brauste. Wenn man das so sieht, könnte man meinen, Alt-Anarkali sehe *immer* so aus, zu jeder Tageszeit. Aber wir, Sir, die wir hier nun schon einige Zeit sitzen, wir wissen es besser, nicht wahr? Ja, wir haben eine gewisse Vertrautheit mit der jüngeren Geschichte unserer Umgebung erlangt, und das gestattet uns – meiner bescheidenen Meinung nach –, die Gegenwart im rechten Licht zu sehen.

4

Ah ja, Sie haben die Narbe auf meinem Unterarm bemerkt, die Stelle, wo die Haut dunkler und weicher ist als die drum herum. Man hat mir gesagt, sie sehe aus wie von einem Seil verbrannt; meine aktiveren Freunde meinen, sie sei den Schrunden bei Bergsteigern nach dem Abseilen nicht unähnlich. Vielleicht geht auch *Ihnen* ein solcher Gedanke durch den Kopf, denn ich entdecke einen gewissen Ernst in Ihrer Miene, als fragten Sie sich, was für ein Trainingslager einem Burschen aus dem Flachland wie mir Anlass gegeben haben mag, sich solcherart zu betätigen!

Lassen Sie sich daher versichern, dass der Grund meiner Verletzung recht prosaisch war. Wir haben in diesem Land ein Phänomen, das Ihnen angesichts des Überflusses, der Ihr Land kennzeichnet, zweifellos unbekannt sein wird. Hier – zumal im Winter, wenn die Reservoire der großen Staudämme fast trocken sind – wird der Strom knapp, was sich in ständigen Ausfällen zeigt. Wir nennen das Lastabwurf, und wir haben immer einen ordentlichen Vorrat an Kerzen zu Hause, damit unser Leben dadurch nicht übermäßig durcheinandergebracht wird. Als Kind hatte ich einmal während eines solchen Lastabwurfs nach so einer Kerze gegriffen, sie umgestoßen und mich mit geschmolzenem Wachs übergossen. In Amerika wäre dies aller Wahrscheinlichkeit nach der Beginn eines langwierigen Prozesses gegen den Hersteller gewesen, weil er Kerzenwachs mit einem solch hohen und gefährlichen Schmelzpunkt verarbeitete; hier war die Folge nur ein Abend voller Tränen und die recht schwache, wenn auch seltsam geradlinige Narbe, die Sie jetzt noch sehen.

Aha, jetzt schalten sie die Zierlichter an, die sich über den Markt spannen! Ein wenig knallig? Ja, Sie haben recht; ich hätte sie auch etwas weniger bunt gemacht. Aber sehen Sie nur das Lächeln auf den emporgereckten Gesichtern um uns herum. Es ist doch erstaunlich, wie *theatralisch* künstliches Licht sein kann, wenn das Sonnenlicht allmählich verblasst, wie es uns emotional berühren kann, selbst jetzt noch, zu Beginn des einundzwanzigsten Jahrhunderts, und in Städten, die so groß und hell wie diese hier sind. Denken Sie nur an die ausdrucksvolle Schönheit des Empire State Building, wenn es am St. Patrick's Day grün illuminiert wird oder hellblau am Abend von Frank Sinatras Tod. New York bei Nacht ist sicher eine der größten Sehenswürdigkeiten der Welt.

Ich erinnere mich noch an meine ersten nächtlichen Streifzüge durch Manhattan, so oft mit Erica als Guide. Bald nach unserer Rückkehr aus Griechenland lud sie mich zu sich zum

Abendessen ein; ich überlegte den ganzen Nachmittag, was ich anziehen sollte. Ich wusste, dass ihre Familie reich war, und ich wollte das tragen, was auch sie meiner Vorstellung nach trugen: etwas Elegantes, aber gleichzeitig Legeres. Mein Anzug schien mir zu formal; mein Blazer wäre besser gewesen, aber der war schon mehrere Jahre alt, und ich fand ihn ein wenig abgewetzt. Schließlich machte ich mir die ethnische Ausnahmeregel zunutze, die für jeden gesellschaftlichen Kodex gilt, und trug eine gestärkte weiße Kurta aus fein gearbeiteter Baumwolle über einer Jeans.

Es zeugte für die Aufgeschlossenheit und – wieder dieses allzu häufig gebrauchte Wort – das *Kosmopolitische* New Yorks zu jener Zeit, dass ich mich in diesem Aufzug absolut wohl in der U-Bahn fühlte. Überhaupt schien mich, abgesehen von einem schwulen Herrn, der mir höflich ein einladendes Lächeln zuwarf, niemand weiter zur Kenntnis zu nehmen. Ich gelangte von der Linie sechs auf die 72nd Street, mitten im Herzen der Upper East Side. Diese Gegend mit ihren reizenden Bistros, den exklusiven Geschäften und attraktiven Frauen in kurzen Röcken, die winzige Hunde ausführten, war mir verblüffend vertraut, obwohl ich noch nie dort gewesen war; später wurde mir klar, dass mir das so vorkam, weil viele Filme dort spielten.

Ericas Familie wohnte in einem eindrucksvollen Gebäude mit einer blauer Markise und einem älteren Doorman, der eine kühle, missbilligende Miene aufsetzte, die auch gut zu einem Torwächter vor einer der größeren Villen in Lahore gepasst hätte, wenn ich dort in einem kleinen, rostigen Auto vorgefahren wäre. Natürlich reagierte ich mit einem ebenso kalten und recht herrischen Ton – sorgfältig austariert, um ihm zu übermitteln, dass ich gekränkt war, es aber unter meiner Würde fand, es ihm zu sagen –, als ich ihm den Zweck meines Kommens nannte. Das hatte die erwünschte Wirkung; er telefonierte sofort, um zu erfragen, ob ich durchgelassen werden sollte, und geleitete mich – mit dem Bescheid, dass alles seine Richtigkeit habe – persönlich zum Fahrstuhl. Er wies mich an, die Taste fürs Penthouse zu drücken, ein Begriff, der für mich mit Luxus und – ja, ich gestehe es – auch mit Pornografie verbunden war. Daher traf ich in einem Zustand gesteigerter Erwartungen an Ericas Wohnungstür ein, die sich öffnete, noch bevor ich Gelegenheit hatte zu klopfen.

Erica empfing mich mit einem Lächeln; ihre gebräunte Haut leuchtete vor Gesundheit. Ich hatte vergessen, wie umwerfend sie aussah, und als wir, wegen des schmalen Eingangs, so dicht beieinanderstanden, musste ich den Blick senken. »Wow«, sagte sie und strich mit den Fingerspitzen über die Stickereien auf meiner Kurta. »Du siehst toll aus.« Ich erwiderte, dass auch sie toll aussehe, was stimmte, obwohl sie ein kurzes Mighty-Mouse-T-Shirt trug und sich allem Anschein nach nicht ganz so sehr wie ich mit Fragen der Kleiderwahl beschäftigt hatte. Sie sagte, sie wolle mir etwas zeigen, und ich folgte ihr in ihr Zimmer. Es war ungefähr doppelt so groß wie mein Studio und enthielt Kartons mit Uni-Büchern, einen Schreibtisch mit einem Computer und einem Laserdrucker, ein riesiges Bett, auf dem Kleider herumlagen, und einen Sandsack, der an einer Kette von der Decke herabhing; kurz, es wirkte bewohnt, wie ein Zimmer, das man schon sein ganzes Leben hatte.

Mich beschlich ein eigenartiges Gefühl; ich fühlte mich zu Hause. Das kam vielleicht daher, dass ich davor in einer Phase des Übergangs gelebt hatte – von einem Zimmer im Wohnheim zum andern gezogen war – und mich nach dem *beständigen* Leben meiner Vergangenheit sehnte; vielleicht auch, weil ich meine Familie und die Annehmlichkeiten eines Familiensitzes vermisste, wo Generationen zusammenblieben, statt jeder für sich in einem atomisierten Zustand altersbedingter Trennung; vielleicht auch, weil ein geräumiges Zimmer in einer vornehmen Wohnung an der Upper East Side nach amerikanischen Begriffen die sozio-ökonomische Entsprechung eines geräumigen Zimmers in einem vornehmen Haus in Gulberg war, wie das, in dem ich aufgewachsen war. Was auch immer, ich musste lächeln, worauf Erica ihrerseits lächelte und ein schmales braunes Päckchen hochhielt.

»Es ist fertig«, sagte sie feierlich. Ich wartete darauf, dass sie mehr sagte, und als nichts kam, fragte ich: »Nämlich?« »Mein Manuskript«, sagte sie. »Morgen schicke ich es einem Agenten.« Ich nahm es ehrfürchtig und hielt es auf beiden flachen Händen. »Herzlichen Glückwunsch«, sagte ich und fügte, als ich merkte, dass es ziemlich leicht war, hinzu: »Ist das das ganze?« Sie nickte. »Es ist eher eine Novelle als ein Roman«, sagte sie. »Es lässt Raum für das Echo der Gedanken.«

Ich drehte es um und betrachtete die Beschaffenheit des Päckchens: das Klebeband, mit dem es versiegelt war, die Delle in einer Ecke. »Bist du aufgeregt?«, fragte ich sie. »Weniger aufgeregt als verunsichert«, sagte sie. »Es ist, als wäre ich eine Auster. Ich hatte lange so ein spitzes Körnchen in mir, und ich habe versucht, es angenehmer zu machen, also habe ich es ganz allmählich in eine Perle verwandelt. Aber jetzt wird sie mir entnommen, und dabei merke ich, dass sie eine Lücke hinterlässt, weißt du, eine Delle in meinem Bauch, wo sie mal gesessen hat. Und deshalb möchte ich irgendwie noch ein bisschen länger daran festhalten.« »Warum tust du's dann nicht?«, fragte ich und gab es ihr zurück. »Das habe ich schon«, sagte sie und lächelte wieder. »Es hat schon in diesem Umschlag gelegen, als wir in Griechenland waren.«

Ich fühlte mich geehrt und freute mich, dass sie mir das so anvertraute. Ich schaute ihr in die Augen, und zum ersten Mal fiel mir auf, dass dahinter etwas *gebrochen* war, wie ein feiner Riss in einem Diamanten, der erst sichtbar wird, wenn man ihn durch ein Vergrößerungsglas sieht, normalerweise aber von der Leuchtkraft des Steins überdeckt wird. Ich wollte wissen, was es war, was sie veranlasst hatte, die Perle zu schaffen, von der sie gesprochen hatte. Doch ich dachte, es sei anmaßend, sie danach zu fragen; bei derlei Dingen weiß jemand ganz genau, wann und wem gegenüber er etwas preisgeben will. Also versuchte ich, meinen Wunsch, sie zu verstehen, allein durch meine Miene auszudrücken, und sagte nichts weiter.

Als wir ihr Zimmer verließen, fiel mir eine Zeichnung an

der Wand auf. Sie zeigte eine Tropeninsel mit einer Lande-
bahn und einem steilen Vulkan unter einem Sturmhimmel; in
den Krater des Vulkans schmiegte sich ein See mit einer wei-
teren, kleineren Insel darin – eine Insel auf einer Insel –, wunderbar geschützt und ruhig. »Was ist das?«, fragte ich. »Das
hat Chris gemacht«, antwortete sie, »als wir acht oder neun
waren. Einer seiner Tim-und-Struppi-Comics hat ihn dazu
angeregt, *Flug 714 nach Sydney*.« »Das ist schön«, sagte ich.
Sie nickte. »Ja«, sagte sie. »Seine Mutter hat es mir geschenkt,
als sie seine Sachen ausräumte.« Ich betrachtete es noch ein
wenig, fasziniert von der feinen Pinselführung. Mit seiner Detailgenauigkeit – wenn auch natürlich nicht seinem Stil oder
Thema – erinnerte es mich an unsere Miniaturmalereien, wie
man sie fände, wenn man sich hier um die Ecke ins Lahore
Museum oder in die Staatliche Kunstakademie wagte.

Erica führte mich hinaus auf ihre Dachterrasse – ein pri-
vater Adlerhorst mit einem spektakulären Blick über Manhattan – und stellte mich ihren Eltern vor. Ihre Mutter saß an
einer Tischtennisplatte, die mit vier Sets in den Ort unseres
Abendessens verwandelt worden war; sie nahm meine Hand,
sagte hallo und dann, noch immer meine Hand festhaltend,
wohlwollend zu Erica: »Sehr nett.« »Benimm dich, Mom«,
entgegnete Erica. Ihr Vater stand an einem Grill und legte
Hamburger auf die Teller; seine Haltung machte deutlich,
dass er ein bedeutender Mann in der Geschäftswelt war. Als
wir uns zum Essen setzten, hob er eine Flasche Rotwein und
sagte zu mir: »Trinken Sie?« »Er ist zweiundzwanzig«, sagte

Ericas Mutter an meiner statt in einem Ton, als wollte sie sagen: *Also trinkt er natürlich auch.* »Einmal hat ein Pakistani für mich gearbeitet«, sagte Ericas Vater. »Der hat nie getrunken.« »Ich schon, Sir«, versicherte ich ihm. »Vielen Dank.«

Das scheint Sie zu verblüffen – und nicht zum ersten Mal. Vielleicht interpretieren Sie meinen Bart ganz falsch, den ich, das sollte ich wohl klarstellen, noch nicht hatte, als ich nach New York kam. Tatsächlich trinken viele Pakistani; das Alkoholverbot in unserem Land hat ungefähr die gleiche Wirkung wie das von Marihuana in Ihrem. Auch sind nicht alle unsere Trinker westlich gebildete Städter wie ich; unsere Zeitungen bringen regelmäßig Berichte über Dorfbewohner, die nach dem Verzehr von schlechtem selbstgebranntem Zeug gestorben oder blind geworden sind. Ja, in unserer Lyrik und unseren Volksliedern nimmt der *Rausch* immer wieder die Rolle des Begünstigers von Liebe und spiritueller Aufklärung ein. Wie? Ob das keine Sünde ist? Doch, selbstverständlich – ebenso wie seines Nächsten Weibes zu begehren. Ich sehe, Sie lächeln; wir verstehen uns also.

Aber ich schweife ab. Ich wollte Ihnen von meinem ersten Essen mit Ericas Familie erzählen. Es war ein warmer Abend wie heute – der Sommer in New York ist wie der Frühling hier in Lahore. Eine Brise wehte, ebenfalls wie jetzt, und es lag der Duft gerösteten Fleischs darin, ganz ähnlich dem, der uns aus den vielen Straßenrestaurants hier auf dem Markt entgegenweht, die mit ihren Vorbereitungen fürs Abendessen beginnen. Der Rahmen war großartig, der Wein köstlich, die Burger saftig und unsere Unterhaltung zumeist recht angenehm. Erica wirkte glücklich darüber, dass ich da war, und ihre Heiterkeit steckte mich an.

Allerdings erinnere ich mich, dass ich mich einmal in der Unterhaltung ärgerte. Ericas Vater hatte mich gefragt, wie die Lage zu Hause sei, und ich hatte geantwortet, danke, ganz gut, worauf er fragte: »Aber die Wirtschaft bricht doch zusammen, nicht? Korruption, Diktatur, die Reichen leben wie die Fürsten, und alle anderen leiden. Anständige Leute, verstehen Sie mich nicht falsch. Ich mag Pakistani. Aber die Elite hat das Land doch von vorn bis hinten ausgeplündert, oder? Und der Fundamentalismus. Mit dem habt ihr doch ernste Probleme.«

Ich merkte, wie ich innerlich rebellierte. Was er gesagt hatte, war eigentlich nicht zu beanstanden, und es war ja auch eine durchaus kenntnisreiche Zusammenfassung, ganz wie die Kurznachrichten auf der Titelseite des *Wall Street Journal*, das ich kurz davor zu lesen begonnen hatte. Aber sein Ton — dieser, verzeihen Sie bitte, typisch *amerikanische* herablassende Unterton — berührte mich unangenehm, und nur aus Höflichkeit beschränkte ich meine Antwort auf: »Ja, es gibt Herausforderungen, Sir, aber meine Familie ist dort, und ich kann Ihnen versichern, dass es so schlimm nicht ist.«

Zum Glück verlief das Essen ohne weitere Zwischenfälle. Anschließend fuhren Erica und ich mit dem Taxi nach Chelsea, wo eine Freundin, die Tochter des Inhabers einer Galerie für zeitgenössische Kunst, sie zur Eröffnungsparty einer Vernissage eingeladen hatte. Ich hörte den Fahrer an seinem

Handy auf Punjabi schwatzen und wusste daher, dass er Pakistani war. Normalerweise hätte ich ihn begrüßt, aber an dem Abend tat ich es nicht. Erica beobachtete mich mit beträchtlicher Neugier; schließlich meinte sie: »Hoffentlich bist du nicht mehr sauer über das, was mein Dad gesagt hat.« »Sauer?«, antwortete ich. »Natürlich nicht. Nicht im Mindesten.« Sie lachte. »Du bist ein miserabler Lügner«, sagte sie. »Du bist empfindlich in Bezug auf deine Herkunft. Das sieht man dir sofort an.« »Dann entschuldige ich mich dafür«, sagte ich. »Ich hatte nicht das Recht, unhöflich zu sein.« »Du bist nie unhöflich«, sagte sie lächelnd, »und ich finde es gut, wenn man manchmal empfindlich ist. Das bedeutet, dass einem etwas wichtig ist.«

Wir stiegen in der West 24th Street aus. Ich bestand darauf, das Taxi zu bezahlen, dann führte Erica mich an der Hand in ein wenig eindrucksvolles Gebäude, einen heruntergekommenen postindustriellen Klotz. Beim Eintreten hörte ich Musik, die lauter wurde, je höher wir die Treppe hinaufkamen, bis wir schließlich eine Feuertür aufstießen und in Lärm eintauchten. Die Galerie war ein riesiger Raum, weiß, mit klaren Linien und minimalistischer Ausstattung; auf den leeren Köpfen von Schaufensterpuppen leuchteten Videoprojektionen von Gesichtern. Ich erkannte, dass ich in eine Insiderwelt eingeführt wurde – das schicke Herz der Stadt –, zu der ich sonst keinen Zugang gehabt hätte. Wir kamen an Models vorbei, an alten, gebräunten Männern, Künstlern in schrillen Outfits; ich war froh, dass ich meine Kurta angezogen hatte.

Erica stand bald im Mittelpunkt eines Kreises von Freunden, von denen ich noch keinem zuvor begegnet war. Ich beobachtete, wie es die Menschen zu ihr hinzog, es erinnerte mich an unseren Griechenlandurlaub, an die *Anziehungskraft*, die sie auf unsere Gruppe ausgeübt hatte. Doch diesmal war es anders; jetzt war sie mit mir da, und sie sorgte dafür – durch einen Blick, ein angebotenes Getränk, ihre Hand an meinem Ellbogen –, dass wir den ganzen Abend verbunden blieben. Als sie mich dann Stunden später auf die Wange küsste, während ich ihr die Tür des Taxis aufhielt, mit dem sie allein nach Hause fuhr, war es mir, als hätten wir einen vertrauten Abend zusammen verbracht, auch wenn wir auf der Party wenig miteinander gesprochen hatten. Vielleicht empfand sie es genauso, denn im selben Moment sagte sie »Danke«. Das überraschte mich; ich dachte, ich müsste mich bei ihr bedanken, aber dafür hatte ich keine Zeit mehr, denn sie zog die Tür zu, und weg war sie.

In den folgenden Wochen lud sie mich mehrmals zu Veranstaltungen ein. Aber anders als beim ersten Abend – als wir in ihrem Zimmer und im Taxi zusammen waren – waren wir nie wieder allein. Wir gingen in einen kleinen Musikclub in der Lower East Side, ein französisches Restaurant im Schlachthofviertel, zu einer Loft-Party in TriBeCa, aber immer in der Gesellschaft anderer. Oft ertappte ich mich dabei, wie ich Erica beobachtete, wenn sie im Kreis ihrer Bekannten irgendwo stand oder saß. In solchen Augenblicken wirkte sie häufig in sich gekehrt; es war, als gestattete ihr deren Anwesenheit, sich in sich zurückzuziehen, einen halben Schritt nach innen zu tun. Sie erinnerte mich an ein Kind, das nur bei offener Tür und angeschaltetem Licht schlafen konnte.

Manchmal merkte sie, dass ich sie ansah, dann lächelte sie mich an, als hätte ich ihr – jedenfalls bildete ich es mir ein – einen Schal um die Schultern gelegt, nachdem sie von einem Spaziergang in der Kälte zurückgekommen war. Bei solchen Unternehmungen wechselten wir nur Nettigkeiten, und dennoch fand ich, dass unsere Beziehung sich vertiefte. Am Ende des Abends küsste sie mich dann auf die Wange, und ich hatte den Eindruck, als verweilten ihre Lippen jedes Mal ein klein wenig länger darauf, bis ihre Küsse so lange währten, dass ich einen Hauch von ihrem Duft einfing und spürte, wie weich das Grübchen an ihrem Mundwinkel war.

Am Wochenende vor meiner Abreise nach Manila wurde meine Geduld belohnt; Erica fragte mich, ob ich zu einem Picknick im Central Park mitkommen wolle, und ich fand heraus, dass niemand sonst dabei sein würde. Es war einer jener wunderschönen New Yorker Nachmittage Ende Juli, wenn eine steife Brise vom Atlantik die Bäume anschwellen lässt und die Wolken über den Himmel jagen. Sie kennen das gut? Ja, genau; die Schwüle verschwindet, und die Stadt füllt ihre Lungen mit kühlerer Salzluft. Erica trug einen Strohhut und hatte einen Korb mit Wein, frisch gebackenem Brot, Aufschnitt, diversen Sorten Käse und Trauben dabei – eine köstliche und für mich ziemlich raffinierte Zusammenstellung.

Wir lagen im Gras, plauderten und aßen. »Machen die Leute in Lahore auch Picknicks?«, fragte sie mich. »Im Sommer weniger«, sagte ich. »Jedenfalls nicht, wenn sie es sich aussuchen können. Dafür ist die Sonne zu stark, und diejenigen, die draußen sitzen, drängen sich im Schatten.« »Dann ist dir das jetzt bestimmt ganz fremd«, sagte sie. »Nein«, antwortete ich, »es erinnert mich sogar daran, wie meine Familie nach Nathia Galli fuhr, in die Ausläufer des Himalaya. Dort aßen wir oft im Freien – mit Tee und Gurkensandwiches vom Hotel.« Sie lächelte über das Bild, verlor sich dann in Gedanken und schwieg.

»Das habe ich lange nicht mehr gemacht«, sagte sie nach einer Weile. »Chris und ich waren oft hier im Park. Wir hatten diesen Korb dabei und lasen dann stundenlang oder lagen einfach nur herum.« »Und als er dann tot war«, fragte ich, »bist du da nicht mehr hergekommen?« »Ich habe«, antwortete sie, wobei sie ein Gänseblümchen abzupfte, »eine Menge Sachen nicht mehr gemacht. Eine Zeitlang habe ich mit niemandem mehr geredet. Nichts mehr gegessen. Ich musste ins Krankenhaus. Dort sagten sie, ich solle nicht so viel daran denken, und gaben mir Medikamente. Meine Mom musste ein Vierteljahr mit der Arbeit aussetzen, weil ich nicht allein sein konnte. Aber das behielten wir für uns, und im September war ich dann wieder in Princeton.«

Mehr sagte sie nicht dazu, und sie sagte es mit normaler, wenn auch leiser Stimme. Aber wieder sah ich dabei – nun noch deutlicher als zuvor – den Riss in ihr; er weckte in mir eine beinahe familiäre Zärtlichkeit. Als wir zum Gehen aufstanden, bot ich ihr meinen Arm, und lächelnd hakte sie sich ein. Dann marschierten wir los und ließen den Central Park hinter uns. Ich erinnere mich noch lebhaft daran, wie kühl und glatt sich ihre Haut auf meiner anfühlte. Nie zuvor hatten wir über einen so langen Zeitraum Hautkontakt gehabt; der Eindruck, dass ihr Körper, der doch einer so Verwundeten gehörte, so stark war, hallte noch lange in mir nach. Noch Wochen später, in meinem Hotelzimmer in Manila, wachte ich manchmal auf und meinte, ein Geist hätte mich berührt.

Na, so ein Pech! Die Lichter sind ausgegangen. Aber Sie müssen doch nicht gleich aufspringen. Nur keine Angst, Sir; ich habe Ihnen ja schon gesagt, dass in Pakistan Stromschwankungen und -ausfälle üblich sind. Jetzt reagieren Sie aber unnötig heftig, so dunkel ist es auch wieder nicht. Der Himmel über uns ist noch immer leicht gefärbt, und ich kann Sie ganz deutlich sehen, wie Sie da stehen mit der Hand im Jackett. Ich versichere Ihnen: Niemand wird versuchen, Ihnen die Brieftasche zu stehlen. Für eine Stadt dieser Größe gibt es in Lahore erstaunlich wenig Kleinkriminalität. Setzen Sie sich doch wieder, ich bitte Sie, oder wollen Sie mich zwingen, ebenfalls aufzustehen? Denn ich finde es ungehörig, sitzen zu bleiben, wenn mein Gast sich unbehaglich fühlt.

Ah, sie sind wieder an! Gott sei Dank. Es war lediglich eine kurze Störung. Und Sie – springen auf wie eine Maus, über der plötzlich der Schatten eines Falken schwebt! Ich würde Ihnen gern einen Whiskey anbieten, um Ihre Nerven zu beruhigen, wenn ich nur könnte. Einen Jack Daniel's vielleicht? Sie lächeln; da bin ich wohl auf etwas gestoßen, für das Sie eine Schwäche haben. Leider sind alle Getränke auf diesem Markt, deren Ursprung man in Ihr Land zurückverfolgen könnte, kohlensäurehaltige Limonaden. Das ginge auch? Dann rufe ich sofort unseren Kellner.

5

Sehen Sie nur, Sir: Jetzt fliegen Fledermäuse über dem Platz herum. Gruselig, sagen Sie? So eine herrlich amerikanische Ausdrucksweise – habe ich viele Jahre nicht gehört! Ich finde sie nicht gruselig, ich mag sie sogar ganz gern. Sie erinnern mich an meine Jugendtage, da stürzten sie sich immer auf uns herab, wenn wir im Pool meines Großvaters schwammen; vielleicht verwechselten sie uns mit Fröschen. Damals waren in Lahore noch größere Nachttiere heimisch – fliegende Füchse, wie mein Vater sie nannte –, und wenn wir abends die Mall Road entlangfuhren, sahen wir sie kopfüber in den Kronen der ältesten Bäume hängen. Heute gibt es sie nicht mehr; möglich, dass sie, wie die Schmetterlinge und Leuchtkäfer, eher einer *Traum*welt angehörten, die mit der Verschmutzung und Verstopfung einer modernen Metropole nicht vereinbar ist. Heute sieht man sie nur hin und wieder in der ländlichen Peripherie.

Aber die Fledermäuse leben weiterhin hier. Sie sind erfolgreiche Stadtbewohner wie Sie und ich, flink genug, um sich der Entdeckung zu entziehen, und schlau genug, um zwischen den Menschenmassen zu jagen. Ich bewundere ihre Fähigkeit, durch die Stadtlandschaft zu navigieren; egal, wie nahe sie den Gebäuden kommen, nie stoßen sie dagegen. Schmetterlinge wiederum klatschen häufig auf die Windschutzscheiben fahrender Autos, und einmal habe ich gesehen, wie ein Leuchtkäfer immer wieder gegen das Fenster eines Hauses stieß, außerstande, das Glas zu begreifen, das ihm den Weg versperrte. Vielleicht fehlte den fliegenden Füchsen das Radar oder die Beweglichkeit ihrer kleineren Vettern, und sie rasten daher gegen die neueren Büro- und Geschäftsgebäude von Lahore, die sich höher als je zuvor emporreckten, und fanden den Tod. Wenn das so ist, dann wären sie in New York schon lange ausgestorben – genauso wie in Manila!

Als ich auf den Philippinen ankam, um mit meinem ersten Projekt für Underwood Samson zu beginnen, war ich schrecklich aufgeregt. Wir waren First Class geflogen, und nie werde ich das Gefühl vergessen, wie ich in meinem Anzug zurückgelehnt auf meinem Sitz thronte und von einer attraktiven und – ja, ich war wirklich so dreist, mir die Annahme zu gestatten – *koketten* Stewardess Sekt serviert bekam. Ich sah mich selbst als wahren James Bond, nur jünger, dunkler und womöglich auch besser bezahlt. Wie seltsam, sich jetzt an diese Zeit zu erinnern; wie schnell meine Selbstgefälligkeit später schwand!

Aber ich eile voraus. Ich wollte Ihnen noch von Manila erzählen. Waren Sie schon einmal im Osten, Sir? Ach, ja! Für einen Amerikaner sind Sie wirklich weit gereist – eigentlich für einen Bewohner eines jeden Landes. Ich werde zunehmend neugieriger, in welcher *Branche* Sie tätig sind, aber vorerst ist es Ihnen anscheinend lieber, dass ich fortfahre. Da Sie nun schon im Osten waren, muss ich Ihnen ja nicht erklären, wie ungeheuer sich dieser Teil des Erdballs verändert. Ich erwartete, eine Stadt wie Lahore vorzufinden oder vielleicht Karatschi, stattdessen wurde ich mit Wolkenkratzern und Superhighways konfrontiert. Doch, auch Slums gab es in Manila; man sah sie auf der Fahrt vom Flughafen: riesige Bezirke, in denen Männer in verdreckten weißen Unterhemden vor Autowerkstätten herumlungerten, eine Art ärmere Variante der fünfziger Jahre in Amerika, wie sie in Filmen wie *Grease* dargestellt sind. Aber Manilas Skyline und seine ummauerten Enklaven für die Superreichen waren anders als alles, was ich in Pakistan gesehen hatte.

Ich versuchte, mich nicht länger mit diesem Vergleich aufzuhalten; es war eine Sache, zu akzeptieren, dass New York reicher als Lahore war, eine ganz andere aber, zu verdauen, dass dies für Manila ebenfalls galt. Ich kam mir vor wie ein Langstreckenläufer, der meint, gar nicht so schlecht zu sein, bis er einen Blick über die Schulter wirft und sieht, dass der Bursche, der ihn überrundet, nicht das Feld anführt, sondern eher ein Nachzügler ist. Vielleicht tat ich in Manila deshalb etwas, was ich davor noch nie getan hatte: Ich versuchte, soweit es meine Selbstachtung zuließ, mich mehr wie ein *Amerikaner* zu geben und auszudrücken. Die Filipinos, mit denen wir arbeiteten, schienen zu meinen amerikanischen Kollegen aufzuschauen und sie fast instinktiv als Angehörige der Offiziersklasse des globalen Business zu betrachten – und ich wollte auch meinen Anteil an diesem Respekt.

Also lernte ich, zu leitenden Angestellten im Alter meines Vaters zu sagen: »Ich brauche das *jetzt*«, ich lernte, mich mit einem exterritorialen Lächeln in einer Schlange nach vorn zu mogeln, und ich lernte, auf die Frage, woher ich sei, zu antworten: aus New York. Ob mir das Probleme bereitete, fragen Sie? Ja, natürlich, Sir, ich schämte mich oft. Nach außen hin ließ ich mir aber nichts anmerken. Es gab ja auch vieles, worauf ich stolz sein konnte: meine echte Begabung für unsere Arbeit beispielsweise und die überschwänglichen Beurteilungen, die ich für meine Leistungen von Kollegen erhielt.

Wie ich Ihnen schon sagte, waren wir dort, um eine Musikfirma zu bewerten. Der Besitzer war eine legendäre Gestalt in der dortigen A&R-Szene; wenn er die Sonnenbrille abnahm, lag in seinen Augen jene kosmische Offenheit, die man mit längerem Genuss von LSD verbindet. Aber trotz seiner bunten Vergangenheit hatte er es geschafft, lukrative Outsourcing-Deals für die Herstellung und den Vertrieb von CDs für zwei internationale Musik-Majors abzuschließen. Er nahm sogar für sich in Anspruch, sein Unternehmen sei das größte seiner Art in Südostasien und wachse – ungeachtet aller Piraterie, Downloads und chinesischer Konkurrenz – auch noch in einem recht ordentlichen Tempo.

Um zu bestimmen, wie viel es denn nun wert war, arbeiteten wir über einen Monat lang rund um die Uhr. Wir befragten Zulieferer, Angestellte und Experten aller Art; wir verbrachten Stunden in geschlossenen Räumen mit Buchhaltern und Anwälten; wir sammelten gigabyteweise Daten; wir verglichen Performance-Indikatoren mit Benchmarks, und am Ende erstellten wir ein komplexes Finanzmodell mit zahllosen Permutationen. Ich verbrachte einen Großteil meiner Zeit vor dem Computer, besuchte aber auch die Fabrik und mehrere Musikgeschäfte. Auf diesen Ausflügen fühlte ich mich ungeheuer mächtig, da ich wusste, dass mein Team die Zukunft gestaltete: Würden diese Arbeiter gefeuert werden? Würden diese CDs anderswo hergestellt werden? – darüber würden wir, indirekt natürlich, mitentscheiden.

Doch es gab auch Momente, in denen ich verwirrt war. An eine solche Begebenheit erinnere ich mich besonders. Ich fuhr mit meinen Kollegen im Auto. Wir steckten im Verkehr fest, es ging nicht mehr vor und zurück, und ich sah aus dem Fenster, als etwa einen Meter entfernt der Fahrer eines Jeepney meinen Blick erwiderte. In seinen Augen lag unverhohlene Feindseligkeit; ich hatte keine Ahnung, warum. Wir waren uns noch nie begegnet – dessen war ich mir so gut wie sicher –, und wenn dieser Moment vorbei wäre, würden wir uns wahrscheinlich nie mehr wiedersehen. Doch seine Abneigung war so offensichtlich, so *intim*, dass sie mir unter die Haut ging. Ich starrte ihn ebenfalls an, wurde meinerseits wütend – Sie werden inzwischen bemerkt haben, dass Anstarren für uns Männer aus

Lahore eine ernste Sache ist –, und ich hielt den Blickkontakt mit ihm aufrecht, bis ihn das anfahrende Auto vor ihm zwang, seine Aufmerksamkeit wieder der Straße zuzuwenden.

Danach versuchte ich zu verstehen, warum er sich so verhalten hatte. Vielleicht, dachte ich, hat ihn gerade seine Frau verlassen, vielleicht lehnt er mich wegen meiner Privilegien ab, die mein Anzug und der teure Wagen nahelegen, vielleicht mag er einfach keine Amerikaner. Diese Sache beschäftigte mich viel länger, als sie es verdient hätte, ich spielte etliche Möglichkeiten durch, denen als unbewusster Ausgangspunkt allesamt zugrunde lag, dass er und ich eine Art Dritte-Welt-Empfindlichkeit teilten. Dann fragte mich einer meiner Kollegen etwas, und als ich mich ihm zuwandte, um ihm zu antworten, geschah etwas ganz Merkwürdiges. Ich schaute ihn an – seine blonden Haare und hellen Augen und vor allem, wie er in die Details unserer Arbeit versunken war, ohne etwas anderes wahrzunehmen – und dachte, du bist ja so *ausländisch*. In dem Moment fühlte ich mich dem philippinischen Fahrer viel näher als ihm; mir war, als spielte ich hier eine Rolle, wo ich doch eigentlich auf dem Heimweg sein sollte, so wie die Leute draußen auf der Straße.

Natürlich sagte ich nichts, aber diese seltsame Kette von Ereignissen – oder besser Eindrücken, denn als *Ereignisse* konnte man sie ja kaum bezeichnen – hatte mich so sehr aus dem Gleis gebracht, dass ich in der folgenden Nacht kaum Schlaf fand. Aber zum Glück ließ die Intensität, mit der wir an unserem Projekt arbeiteten, nicht zu, dass ich mir weitere

Anfälle von Schlaflosigkeit genehmigte; am Tag darauf blieb ich bis zwei Uhr morgens im Büro, und als ich dann in mein Hotelzimmer kam, schlief ich wie ein Murmeltier.

Während meines Aufenthalts in Manila – ich traf Ende Juli dort ein und reiste Mitte September wieder ab – bestanden meine Kontakte zu Freunden und Familie hauptsächlich aus wöchentlichen Anrufen in Lahore und Mail-Korrespondenz mit Erica in New York. Wegen der Zeitverschiebung waren die Sachen, die sie morgens schrieb, bei mir abends in der Mailbox, und ich freute mich immer darauf, sie vor dem Zubettgehen zu lesen und zu beantworten. Ihre Mails waren ausnahmslos knapp; nie schrieb sie mehr als ein, zwei Absätze. Dennoch schaffte sie es, mit wenigen Worten eine Menge zu sagen. Eine Nachricht hatte ungefähr Folgendes zum Inhalt: »C. – Ich bin in den Hamptons. Heute haben mehrere von uns am Strand abgehangen, und ich habe allein einen Spaziergang gemacht. Ich bin auf einen Tümpel zwischen den Klippen gestoßen. Magst du solche Tümpel? Ich liebe sie. Sie sind wie kleine Welten. Vollkommen, eigenständig, transparent. Sie sehen aus, als wären sie in der Zeit stehen geblieben. Dann kommt die Flut, und eine Welle kracht herein, und sie fangen wieder von vorn an, mit neuen Fischen, die zurückgelassen worden sind. Na ja, als ich dann wieder bei den anderen ankam, fragten mich alle, wo ich denn gewesen sei, und da merkte ich, dass ich den ganzen Nachmittag dort verbracht hatte. Es war irgendwie unwirklich. Musste dabei an dich denken. – E.«

Solche Nachrichten genügten, um mich für Tage aufzuheitern. Vielleicht finden Sie das ja übertrieben. Aber Sie müssen wissen, dass in Lahore, wenigstens als ich in die höhere Schule ging – heute sind die jungen Leute hier wie überall sonst vermutlich freier –, Beziehungen häufig nur über flüchtige Telefonate liefen, über Nachrichten durch Freunde und Versprechungen von Treffen, die nie Wirklichkeit wurden. Viele Eltern waren streng, und manchmal vergingen Wochen, ohne dass wir die, die wir als unsere Freundinnen betrachteten, sehen konnten. Und so lernten wir, die Verweigerung von Befriedigung zu *genießen*: die unamerikanischste aller Freuden! Ich jedenfalls kam mit solchen Mails, wie ich sie gerade beschrieben habe, ganz gut zurecht.

Dennoch wollte ich Erica natürlich unbedingt wiedersehen und war daher bester Stimmung, als unser Projekt sich dem Ende näherte. Jim war hergeflogen, um sich von unseren Endergebnissen persönlich zu überzeugen; wir setzten uns bei einem Glas zusammen. »Na, Changez«, sagte er, unser feines Hotel, das Makati Shangri-La, mit einer schweifenden Hand erfassend, »schon gewöhnt an das Ganze hier?« »Durchaus, Sir«, entgegnete ich. »Alle berichten nur Gutes über Sie«, sagte er und machte eine Pause, um meine Reaktion abzuwarten; als ich lächelte, fuhr er fort: »Außer dass Sie zu hart arbeiten. Sie wollen doch nicht jetzt schon einen Burn-out.« »Ich darf Ihnen versichern«, sagte ich, »dass ich mehr als genug Ruhe bekomme.« Er hob eine Augenbraue und lachte auf. »Ich mag Sie, wissen Sie das?«, sagte er. »Wirklich. Und das ist kein

Quatsch, kein Sag-ihm-was-Nettes-damit-der-Junge-Auftrieb-kriegt-Zeug. Sie sind ein Hai. Und wenn ich das sage, ist es ein Kompliment. So haben sie auch mich genannt, als ich anfing. Und ich war ein cooler Hund. Ich habe mir nie anmerken lassen, dass ich das Gefühl hatte, nicht in diese Welt zu gehören. Genau wie Sie.«

Es war nicht das erste Mal, dass Jim so mit mir redete; ich war mir immer unsicher, wie ich darauf reagieren sollte. Ein Geständnis, das sein Publikum mit einschließt, ist, wie wir beim Kricket sagen, immer ein höllisch schwer zu spielender Ball. Bestreitet man es, kränkt man den Gestehenden, akzeptiert man es, räumt man die eigene Schuld ein. Also sagte ich ziemlich vorsichtig: »Warum haben Sie nicht dazugehört?« Er lächelte – wieder so, als durchschaute er mich mühelos – und antwortete: »Weil ich auf der schlechten Seite aufgewachsen bin. Mein halbes Leben habe ich vor dem Süßigkeitenladen gestanden und hineingeschaut. Und in Amerika hat man, egal, wie arm man ist, durch das Fernsehen einen guten Blick darauf. Aber ich war bettelarm. Mein Vater starb an Brand. Mir entgeht also die Ironie keineswegs, die im Kauf einer Flasche fermentierten Traubensafts für hundert Eier liegt, wenn Sie verstehen, was ich meine.«

Ich dachte darüber nach. Wie ich Ihnen schon sagte, bin ich nicht in Armut groß geworden. Allerdings mit der *Sehnsucht* des armen Jungen, in meinem Fall nicht danach, was meine Familie nie gehabt hatte, sondern was sie gehabt und verloren hatte. Einige meiner Verwandten klammerten sich an fantasierte Erinnerungen wie Obdachlose an ein Lotterielos. Ihr Crack war *Nostalgie*, wenn Sie so wollen, und meine Kindheit war übersät von den Folgen ihrer Sucht: Schulden, die sie nicht begleichen konnten, Erbstreitereien, hier ein Alkoholiker, da ein Selbstmord. Darin waren Jim und ich uns tatsächlich ähnlich: Er war außerhalb des Süßigkeitenladens aufgewachsen, ich auf seiner Schwelle, als gerade die Tür geschlossen wurde.

Andere aus dem Team gesellten sich zu uns an die Bar, doch Jim saß, den Arm auf meiner Hockerlehne, in einer Weise da, dass ich das Gefühl hatte, er habe mich buchstäblich unter seine Fittiche genommen. Es war ein gutes Gefühl, und es wurde noch besser, als ich sah, wie das Hotelpersonal auf ihn reagierte; sie hatten Jim als vermögenden Mann identifiziert, und die freundlichen Blicke und die Aufmerksamkeit, die er erhielt, waren ziemlich beeindruckend. Ich war der einzige Nicht-Amerikaner der Gruppe, doch ich vermutete, dass mein Pakistanisein unsichtbar war, verdeckt von meinem Anzug, meinem Spesenkonto und – vor allem – meinen Begleitern.

Und dennoch … Nein, ich sollte hier einmal innehalten, denn vermutlich werden Sie das, was ich als Nächstes sagen möchte, eher schwer verdaulich finden, und ich möchte Sie warnen, bevor ich fortfahre. Außerdem ist meine Kehle ausgedörrt; die Brise hat sich anscheinend völlig gelegt, und es ist, obwohl es schon dunkel ist, noch immer ziemlich warm. Möchten Sie noch eine Limonade? Nein? Sie sind neugierig, sagen Sie, und möchten, dass ich fortfahre? Nun gut. Ich gebe nur schnell unserem Kellner ein Zeichen, dass er mir noch eine Flasche bringt; da, schon geschehen. Er kommt, und wie er sich beeilt; man könnte meinen, wir wären seine einzigen Kunden! Ah, köstlich: genau das habe ich jetzt gebraucht.

Der folgende Abend sollte unser letzter in Manila sein. Ich war in meinem Zimmer und packte meine Sachen. Ich schaltete den Fernseher an und hielt das, was ich da sah, erst für einen Film. Doch als ich weiterschaute, wurde mir klar, dass es keine Filmszenen waren, sondern die Nachrichten. Ich sah mit an, wie einer – und danach der andere – der Zwillingstürme des World Trade Center in New York einstürzte. Und dann *lächelte* ich. Ja, so abscheulich es auch klingen mag, meine erste Reaktion war eine bemerkenswerte Freude.

Ihre Abscheu ist nicht zu übersehen; ja, Ihre große Hand hat sich, vielleicht haben Sie das gar nicht gemerkt, zur Faust geballt. Aber bitte glauben Sie mir, wenn ich Ihnen sage, dass ich kein Soziopath bin; das Leid anderer ist mir nicht gleichgültig. Wenn ich höre, dass bei einem Bekannten eine schwere Krankheit diagnostiziert worden ist, empfinde ich – fast durchweg – einen empathischen Schmerz, ein Stechen in den Nieren, so stark, dass ich scharf die Luft einziehe. Bittet man mich um eine Spende für die Wohlfahrt, komme ich ihr nach, wenigstens soweit es meine bescheidenen Mittel zulassen. Wenn ich Ihnen also sage, dass ich mich über den Mord an Tausenden Unschuldiger freute, dann bin ich dabei selbst tief verblüfft.

Aber in dem Augenblick waren meine Gedanken nicht bei den *Opfern* des Angriffs – der Tod im Fernsehen bewegt mich immer dann am meisten, wenn er fiktiv ist und Figuren ereilt, mit denen ich über mehrere Episoden hinweg eine Beziehung aufgebaut habe –, nein, mich ergriff die *Symbolkraft* dessen, die Tatsache, dass jemand Amerika so sichtbar in die Knie gezwungen hatte. Ah, ich sehe, ich verstärke Ihr Missfallen nur noch. Das verstehe ich natürlich; es ist abscheulich, wenn ein Fremder über das Unglück des eigenen Landes Schadenfreude empfindet. Aber auch Sie können von solchen Empfindungen doch nicht vollkommen frei sein. Empfinden Sie keine Freude angesichts der Videoclips, die heute so weit verbreitet sind und in denen amerikanische Geschosse die Gebäude Ihrer Feinde in Schutt und Asche legen?

Aber Sie befänden sich doch im Krieg, meinen Sie? Ja, da haben Sie nicht unrecht. Ich befand mich mit Amerika nicht im Krieg. Ganz und gar nicht: Ich war das Produkt einer amerikanischen Universität, ich bekam ein lukratives amerikanisches Gehalt, ich war in eine Amerikanerin verliebt. Warum wünschte also ein Teil von mir, dass Amerika Schaden zugefügt wurde? Damals wusste ich das noch nicht; ich wusste nur, dass meine Empfindungen für meine Kollegen nicht hinnehmbar sein würden, und ich tat alles, sie vor ihnen zu verbergen. Als mein Team abends dann in Jims Zimmer zusammenkam, gab ich mich ebenso schockiert und gequält, wie ich es auf den Gesichtern um mich herum sah.

Doch als ich sie von ihren Angehörigen sprechen hörte,

schweiften meine Gedanken zu Erica, und da brauchte ich dann nicht mehr zu heucheln. Da wusste ich natürlich noch nicht, dass sich das Sterben auf den begrenzten Raum dessen beschränkte, was später *Ground Zero* heißen sollte. Ebenso wenig wusste ich, dass Erica zu Hause in Sicherheit war, als die Angriffe stattfanden. Ich war fast erleichtert, dass ich mich um sie sorgte und nicht schlafen konnte; das gestattete mir, die Besorgnis meiner Kollegen zu teilen und mein anfängliches Gefühl der Freude eine Zeitlang zu ignorieren.

Wir konnten Manila mehrere Tage nicht verlassen, da die Flüge gestrichen waren. Am Flughafen wurde ich von bewaffneten Sicherheitsleuten in einen Raum gebracht, wo ich mich bis auf meine Boxershorts ausziehen musste – peinlicherweise hatte ich eine pinkfarbene mit Teddybären darauf angezogen, doch deren Enthüllung entlockte den strengen Mienen der Beamten keine Reaktion –, daher war ich der Letzte, der an Bord unseres Flugzeugs ging. Mein Erscheinen löste bei vielen Mitreisenden besorgte Blicke aus. Auf dem Flug nach New York war mir mein eigenes Gesicht unbehaglich: Ich spürte, dass man mich misstrauisch beobachtete, ich fühlte mich schuldig, daher versuchte ich, so lässig wie möglich zu sein, was natürlich dazu führte, dass ich steif und befangen wurde. Jim, der neben mir saß, fragte mich mehrmals, ob alles in Ordnung sei.

Nach unserer Ankunft wurde ich bei der Passkontrolle von meinen Kollegen getrennt. Sie stellten sich in die Schlange für US-Bürger, ich mich in die für Ausländer. Die stämmige

Beamtin, die meinen Pass überprüfte, trug eine Pistole an der Hüfte und beherrschte das Englische schlechter als ich; ich versuchte, sie mit einem Lächeln zu entwaffnen. »Was ist der Zweck Ihrer Reise in die Vereinigten Staaten?«, fragte sie mich. »Ich lebe hier«, antwortete ich. »Danach habe ich Sie *nicht* gefragt, Sir«, sagte sie. »Was ist der *Zweck* Ihrer Reise in die Vereinigten Staaten?« Unser Wortwechsel ging so mehrere Minuten lang. Schließlich wurde ich zu einer Untersuchung in einen Raum gebracht, wo ich dann neben einem tätowierten Mann in Handschellen auf einer Metallbank saß. Mein Team wartete nicht auf mich; als ich endlich wieder in der Abfertigungshalle war, hatten sie schon ihr Gepäck geholt und waren gegangen. Folglich fuhr ich an dem Abend sehr allein nach Manhattan.

Wovor zucken Sie zurück? Ah ja, die Fledermäuse, sie fliegen ziemlich tief. Sie werden uns nichts tun, diesbezüglich kann ich Sie ganz und gar beruhigen. Das wissen Sie, sagen Sie? Aber warum so kurz angebunden? Ich verstehe ja, dass ich Sie beleidigt, vielleicht sogar verärgert habe. Aber *überrascht* habe ich Sie vermutlich doch nicht ganz. Bestreiten Sie das? Nein? *Das* ist für mich von nicht unerheblichem Interesse, denn wir sind uns vorher noch nicht begegnet, und dennoch scheinen Sie zumindest einiges über mich zu wissen. Vielleicht ziehen Sie gewisse Schlüsse aus meinem Äußeren, meinem schimmernden Bart; vielleicht sind Sie dem Bogen meiner Geschichte lediglich mit dem unheimlichen Geschick eines Skeetschützen gefolgt, vielleicht haben Sie auch … Aber genug mit diesen Spekulationen! Jetzt sollten wir erst einmal einen Blick auf die Speisekarte werfen; ich habe zu viel geredet, und ich fürchte, ich habe meine Gastgeberpflichten vernachlässigt. Außerdem möchte ich doch auch mehr von *Ihnen* hören: was Sie nach Lahore führt, bei welcher Firma Sie arbeiten und so weiter und so fort. Die Nacht senkt sich immer tiefer um uns herum, und trotz der Lichter über dem Markt liegt Ihr Gesicht weitgehend im Schatten. Da unsere Augen von immer geringerem Nutzen sind, wollen wir es den Fledermäusen nachtun und uns unserer anderen Sinne bedienen. Ihre Ohren sind wahrscheinlich erschöpft und es wird Zeit, dass Sie Ihre Zunge gebrauchen – zum Schmecken, wenn schon zu nichts anderem, obwohl ich hoffe, dass ich Sie zum Sprechen bewegen kann!

6

Sie zögern, Sir; ich wollte Sie nicht in Verlegenheit bringen. Wenn Sie noch nicht bereit sind, den *Zweck* Ihrer Reise hierher zu enthüllen – und Ihr Benehmen schließt die Möglichkeit, dass Sie als Tourist ziellos durch diesen Teil der Welt streifen, praktisch aus –, will ich nicht darauf bestehen. Ah, offenbar haben Sie einen Geruch wahrgenommen. Ihnen entgeht nichts; Ihre Sinne sind so scharf wie die eines Fuchses in freier Wildbahn. Recht angenehm, nicht wahr? Ja, Sie haben recht: Es *ist* Jasmin. Er kommt, wie Sie, Ihrem Blick nach zu urteilen, schon vermuten, vom Nachbartisch, wo die Familie sich gerade zum Essen niedergelassen hat.

Welch ein Kontrast: die Blässe dieser Blüten, die mit Nadel und Faden zu einem lockeren Armband gefügt sind, auf der dunklen Haut der Dame! Und welch ein Kontrast auch das: die Zartheit ihres Dufts gegen den deftigen Geruch des bratenden Fleischs! Es ist wahrhaft bemerkenswert, dass wir Menschen fähig sind, uns am Lockruf einer Blume zu erfreuen, während wir noch von den verkohlten Kadavern unserer Mitgeschöpfe umgeben sind – aber wir sind ja auch bemerkenswerte Wesen. Vielleicht liegt es in unserer Natur, unbewusst das Bindeglied zwischen Sterblichkeit und Fortpflanzung zu erkennen, zwischen dem Endlichen und dem Unendlichen sozusagen, und tatsächlich werden wir von den Mahnungen des Einen angetrieben, das Andere zu suchen.

Ich weiß noch, wie ich beim Tod meiner Großmutter mütterlicherseits den Auftrag erhielt, solche Blumen zu kaufen. Ich war damals sechzehn und in Besitz eines gefälschten Anfängerführerscheins für Motorfahrzeuge – er gehörte meinem Bruder –, und ich fand es so aufregend, am Steuer eines Automobils zu sitzen, dass meine Familie mir regelmäßig Dinge zu erledigen gab, die sonst vielleicht der Chauffeur gemacht hätte. Unser Toyota Corolla war liebevoll gewartet, kam aber in die Jahre und neigte daher – wie auch in jenem konkreten Fall – zum Überhitzen. Bis zum heutigen Tag erinnere ich mich noch an das berauschende Aroma der Stränge aufgefädelten Jasmins, die sich auf meinen Armen türmten, als ich, in der Sommersonne schwitzend, zum Friedhof ging.

Nach der Zerstörung des World Trade Center trug New York Trauer, und in den Schreinen für die Toten und Vermissten, die während meiner Abwesenheit aufgestellt worden waren, spielten Blumenmotive eine große Rolle. Ich schaute sie mir häufig an, wenn ich daran vorbeiging: Fotos, Sträuße, Worte der Anteilnahme – an Straßenecken, zwischen Geschäften und an die Geländer öffentlicher Plätze geschmiegt. Sie erinnerten mich an meine unfreundliche, ja, unmenschliche Reaktion auf die Tragödie, und ich bildete mir ein, beständig ein vorwurfsvolles Gemurmel von ihnen zu hören.

Andere Vorwürfe waren viel lauter. Nach den Anschlägen eroberte die Fahne Ihres Landes New York; sie war überall. Kleine, an Zahnstocher befestigte Fahnen steckten an den Schreinen, Fahnensticker schmückten Windschutzscheiben und Fenster, große Fahnen flatterten an Gebäuden. Allesamt schienen sie zu verkünden: *Wir sind Amerika* – nicht New York, was meiner Ansicht nach etwas völlig anderes bedeutet –, *die mächtigste Zivilisation, die die Welt jemals gesehen hat; ihr habt uns gekränkt; hütet euch vor unserem Zorn.* Wenn ich zu den aufragenden Türmen der Stadt hinaufblickte, fragte ich mich, was für Heere aus einer so großmächtigen Burg hervorbrechen würden.

Vor diesem Hintergrund sah ich Erica schließlich wieder. Sechs Wochen waren seit jenem Nachmittag im Central Park vergangen, und als ich sie anrief, dachte ich, sie hätte vielleicht schon etwas vor, doch Erica meinte, wir sollten uns noch am selben Abend treffen, also noch am Abend meines ersten ganzen Tages in New York, sobald ich mit der Arbeit fertig sei. Ich wartete auf dem Gehsteig, als sie aus dem Taxi stieg. Ein eigentümlicher Geruch hing in der Luft; die schwelenden Trümmer von Downtown drangen bis in unsere Lungen. Sie hatte bleiche Lippen, als hätte sie nicht geschlafen oder als hätte sie vielleicht geweint. In diesem Augenblick fand ich, dass sie älter aussah, eleganter; sie hatte etwas von jener Schönheit, die nur das Alter einer Frau verleihen kann, und es kam mir vor, als erhaschte ich einen Blick auf die Erica, die sie eines Tages werden würde. Wahrhaftig, dachte ich, in ihr schlummert eine Kaiserin!

»Meine Mom hat gemeint«, sagte sie beim Essen, »ob wir nicht eine Weile aus der Stadt raussollten. Raus in die Hamptons. Aber ich habe ihr gesagt, das wäre das Letzte, was ich wollte. Ich wollte nicht allein sein. Die Anschläge haben alte Gedanken in mir aufgewühlt.« Ich nickte, erwiderte aber nichts darauf. Mir war, als begegneten wir uns auf einer Beerdigung; man weiß nie, was man zu den Hinterbliebenen sagen soll. »Ich muss ständig an Chris denken«, fuhr sie fort. »Warum, weiß ich nicht. In den meisten Nächten muss ich etwas nehmen, damit ich schlafen kann. Es ist fast so, als hätte es mich um ein Jahr zurückgeworfen.« Vermutlich machte ich ein bestürztes Gesicht, denn sie lächelte und setzte hinzu: »*So* schlimm ist es nun auch wieder nicht. Ich esse ja auch gut. Ich bin nicht durchgeknallt. Aber ich fühle mich verfolgt, weißt du?«

Ich dachte über ihre Wortwahl nach. »Ich habe eine Tante«, sagte ich, »die schönste Schwester meiner Mutter. Ihre Heirat war arrangiert gewesen, daher hatte sie ihren Mann davor nur wenige Male gesehen. Er war Pilot bei der Luftwaffe. Ein Vierteljahr später starb er, aber sie hat nie wieder geheiratet. Sie sagte, er sei ihre große Liebe gewesen.« Erica schien von dem, was ich gesagt hatte, bewegt – berührt und verstört zugleich; sie beugte sich vor und fragte: »Wie ist sie jetzt?« »Verrückt«, sagte ich. »Völlig durchgeknallt.« Erica machte große Augen, dann lachte sie los, ein verblüfftes, frohes Gelächter, und als sie sich wieder beruhigt hatte, legte sie die Hand auf meine. »Ich habe dich vermisst«, sagte sie. »Gut, dass du wieder da bist.«

Am liebsten hätte ich meine Finger mit ihren verschränkt, dennoch hielt ich meine Hand völlig ruhig, als fürchtete ich, jede Bewegung meinerseits könnte unsere Verbindung lösen. »Ist sie wirklich verrückt?«, fragte Erica, hob eine Augenbraue und machte meine Aussprache des Wortes nach. »Ja, leider«, sagte ich mit gespieltem Ernst. »Komplett.« Darauf lächelte sie; sie schlug vor, noch eine Flasche Wein zu bestellen. Wir blieben sitzen, bis das Restaurant schloss – da waren wir schon angenehm betrunken –, und schlenderten dann auf die Straße. »Ich mag es, wenn du davon erzählst, wo du herkommst«, sagte sie und hakte sich bei mir unter, »du wirst dann so *lebendig*.«

Ich sagte nicht, dass dasselbe auf sie zutraf, wenn sie von Chris sprach; ich sagte es nicht, weil es in mir gemischte Gefühle auslöste. Einerseits freute es mich als ihr Freund, dass sie so lebhaft war, und ich wusste ja auch, dass es ein Zeichen von Zuneigung war, dass sie mich so ins Vertrauen zog – ich hatte sie nie über Chris sprechen hören, wenn sie sich mit anderen unterhielt –, andererseits hätte ich gern eine Beziehung mit ihr begonnen, die auf mehr als nur Freundschaft fußte, und in der Stärke ihrer anhaltenden Bindung zu Chris spürte ich einen Rivalen – auch wenn er tot war –, mit dem ich wahrscheinlich niemals würde mithalten können. Die Tante, die ich erwähnt hatte, war in nahezu jeder Hinsicht anders als Erica: Sie war füllig, wollte immer nur mit dem Motorroller fahren, trug einen Rucksack, der häufig mit Mitbringseln für ihre jungen Nichten und Neffen vollgestopft war, und lebte von einer kleinen Witwenrente. Das aber war meine Tante mit fünfundvierzig; die Frau, die einem im Alter von zweiundzwanzig Jahren keck aus Fotos entgegenblickte, war selbstsicher und quälend attraktiv. Ich konnte nur ahnen, wie viele Verehrer sie abgewiesen hatte, und ich fragte mich, ob mein Verlangen nach Erica ebenso aussichtslos war.

Ericas Gesicht war jetzt entspannt; sie unterdrückte sogar ein Gähnen, als sie den Kopf an meine Schulter legte. Am Beginn des Abends war sie jedoch verstört gewesen, von Sorgen und Befürchtungen erfüllt. Wie so viele andere in der Stadt wirkte sie nach den Anschlägen zutiefst verängstigt. Doch ihre Ängste schienen nur indirekt etwas mit der Vision zu tun zu haben, durch Terroristen zu sterben. Durch die Zerstörung des World Trade Center waren, wie sie gesagt hatte, alte Gedanken in ihr aufgewühlt worden, die sich gleich einem Sediment am Boden eines Teichs abgesetzt hatten; nun war das Wasser ihres Geistes trüb von dem, was zuvor ignoriert worden war. Ich wusste nicht, ob das auch für mich galt.

Wir schritten schweigend durch die Nacht, und wie der Zufall es wollte – nein, ich bin nicht ehrlich; der Zufall hatte nichts damit zu tun –, standen wir plötzlich vor meinem Wohnhaus. »Kann ich mit hochkommen?«, fragte sie. »Ich möchte gern sehen, wie du wohnst.« Ich hörte mein Herz hämmern, als wir die Treppe hinaufgingen; mein Studio lag im dritten Stock, einen Aufzug gab es nicht, Sie können sich also gut vorstellen, dass es einige Stufen zu überwinden galt. Mir war ein wenig bang davor, wie sie mein Studio wohl finden würde – schließlich war es nur einen kleinen Bruchteil so groß wie ihr Zuhause –, doch ich redete mir ein, dass es einen gewissen *literarischen* Charme besaß. »Es ist perfekt«, sagte sie und setzte sich auf den Rand meines Futons, der noch immer in seiner ausgerollten Bettversion dalag.

Sie schloss die Augen, lehnte sich auf die Ellbogen zurück und lächelte schläfrig wie ein vertrauensvolles kleines Mädchen. Meine Blase war kurz vorm Platzen, daher sagte ich, ich sei gleich wieder da, und sauste auf die Toilette. Als ich wiederkam, schlief sie schon tief. »Erica?«, sagte ich. Keine Antwort. Ich wusste nicht, was ich tun sollte, und zögerte, bis ich schließlich das Licht ausmachte. Die Jalousien waren oben; der nächtliche Schein Manhattans fand seinen Weg herein, und ich beobachtete, wie sich ihre Brust beim Atmen sanft hob und senkte. Dann deckte ich sie mit einem Laken zu und warf ein Kissen für mich auf den Fußboden. Ich war erschöpft und hatte zusätzlich noch Jetlag, dennoch musste ich lange warten, bis mich Träume umfingen. Ich wachte am Morgen nicht auf, als sie mich, wie ich später erfuhr, vor dem Gehen auf die Stirn küsste.

Aber schauen Sie! Da kommt ein Blumenverkäufer. Ich rufe ihn zu uns. Ihnen ist nicht danach? Aber gegen eine

Blumenkette aus Jasminblüten haben Sie doch sicher nichts einzuwenden. Hier, nehmen Sie sie in die Hand: Haben sie nicht die Struktur von Samtkugeln? Eher wie von Popcorn-Shrimps, sagen Sie? Ach, Sie machen Witze; einen Moment lang habe ich geglaubt, Sie meinen es ernst. Doch Sie haben mich dadurch an eine Köstlichkeit erinnert, die uns hier in Lahore völlig fehlt, da wir so weit vom Meer entfernt sind. Was würde ich nicht alles für einen Topf amerikanischer Popcorn-Shrimps geben – in Teig ausgebacken, bis sie goldbraun sind, und mit einem Tütchen Tomatensoße serviert! –, aber ich muss mich mit den Blumen hier begnügen: in New York so selten, hier so normal.

Wo war ich stehen geblieben? Richtig, ich habe Ihnen von Erica und meiner Rückkehr nach New York erzählt. Nachdem sie in meiner Wohnung geschlafen hatte, ging sie mit erfreulicher Regelmäßigkeit mit mir aus. Ich begleitete sie zu Spendenaktionen, wo sie Geld für die Opfer des World Trade Center sammelte, zu Essen in den Häusern ihrer Freunde – und es waren tatsächlich Häuser, Brownstones, die als Einfamilieninseln im Manhattaner Wohnungsmeer erhalten waren –, zu Eröffnungen und privaten Besichtigungen für Förderer der Künste. Ich wurde praktisch ihr offizieller Begleiter bei den Events der New Yorker Society.

Diese Rolle gefiel mir sehr. Ich war tatsächlich so vermessen zu glauben, dass mein Leben genau so sein *sollte*, dass es gewissermaßen unausweichlich war, mit den richtig Reichen in solch gehobenen Sphären zu verkehren. Erica bürgte dafür, dass ich ihrer Kreise würdig war; meine Art des Auftretens zeugte – so redete ich mir ein – von meiner tadellose Kinderstube, und bei denen, die weitere Fragen stellten, genügten stets mein Abschluss in Princeton und meine Visitenkarte von Underwood Samson, um ein respektvolles, zustimmendes Nicken zu ernten.

Rückblickend erkenne ich nun, dass dieser Situation eine gewisse Symmetrie anhaftete: Ich spürte, dass ich in New York in genau die soziale Schicht eintrat, aus der meine Familie in Lahore zunehmend herausfiel. Vielleicht erklärte das zu einem Großteil das Behagen und die Befriedigung, die ich in meiner neuen Umgebung fand. Doch ein noch größerer Teil meines Glücks jener Tage ging darauf zurück, dass ich regelmäßig in Ericas Gesellschaft war. Ich konnte sie, ungelogen, stundenlang betrachten. Der Stolz in ihrer Haltung, die muskulöse Schlankheit ihrer Arme und Schultern, das Unvermögen ihrer Kleider, die Erinnerung an die nackten Brüste zu verhüllen, die ich in Griechenland gesehen hatte: All das erfüllte mich mit Begehren.

Doch ebenso erfüllte mich Fürsorglichkeit. Häufig, wenn wir inmitten einer makellos gekleideten Menge standen oder saßen, beobachtete ich, dass sie völlig losgelöst war, versunken in ihre eigene Welt. Ihr Blick war nach innen gerichtet, und Bemerkungen ihrer Begleiter waren ihrem Gesicht nur indirekt abzulesen, so wie Wolkenschatten, die über einen See gleiten. Sie lächelte, wenn man sie darauf aufmerksam machte, dass sie abwesend wirkte, und sagte, sie sei mal wieder *geistig weggetreten.* Doch ich vermutete zunehmend, dass ihre Pausen nicht lediglich der Geistesabwesenheit geschuldet waren; nein, sie kämpfte gegen einen Strom an, der sie mitzureißen drohte, und ihr Lächeln enthielt die Furcht, sie könnte in ihre eigenen Tiefen abgleiten, wo sie gefangen wäre und nicht atmen könnte. In diesen Momenten wünschte ich, ich könnte ihr Anker sein, ohne so geschmacklos zu sein, sie spüren zu lassen, dass dies eine Rolle war, die meiner Meinung nach irgendwer bei ihr übernehmen musste. Ich fand heraus, dass ich ihr dies am besten vermittelte, indem ich eine Berührung mit ihr provozierte, zum Beispiel meine Hand auf den Tisch so dicht wie möglich an ihre legte, ohne dabei Kontakt herzustellen, und dann darauf wartete, dass sie sich meiner körperlichen Präsenz bewusst würde, worauf sie, als erwache sie aus einem Traum, den Kopf schütteln und die Kluft zwischen uns mit einer kleinen Zärtlichkeit überbrücken würde.

Vielleicht hielt mich aber gerade diese Fürsorglichkeit davon ab, Erica zu küssen; ebenso mochten es Schüchternheit und Ehrfurcht gewesen sein, die Begleiter der ersten Liebe. Wie auch immer, mehrere Wochen vergingen, bis Erica mich eines Abends, nach einem burmesischen Essen im East Village, ihre Freunde winkten schon Taxis heran und gingen auseinander, zurückhielt. »Ich muss dir was erzählen«, sagte sie. »Ich möchte feiern.« »Warum?«, fragte ich. »Weil«, sagte sie breit lächelnd und drückte die Fingerspitzen zusammen, »weil ich einen Agenten habe!« Ihre anfänglichen Versuche, ihr Manuskript wahllos anzubieten, seien erfolglos geblieben, erklärte sie. Unlängst habe sie es aber an eine Agentur geschickt, die einen Freund der Familie vertrat, und nun habe eben am Nachmittag ein Junioragent eingewilligt, sie anzunehmen. Bedenken habe er nur bezüglich der Länge – da die Novellenform, so seine Worte, eine knifflige Sache sei –, doch nach einigem Nachdenken sei er zu dem Schluss gekommen, sich bei einigen Verlagen dafür starkzumachen. Ich gratulierte ihr und sagte, ich wolle sie liebend gern bei jedem Abenteuer begleiten, das sie für den Abend vorhabe; sie schlug vor, eine Magnumflasche Champagner zu kaufen und damit in meine Wohnung zu gehen, die gleich um die Ecke lag.

Das sagte sie, als sei es das Natürlichste auf der Welt; ich bekundete ebenso locker lächelnd – so gut ich eben konnte – meine Zustimmung. Aber uns beiden war klar, das kann ich wohl mit Sicherheit sagen, dass allem, was wir taten, nun eine gewisse *Schwere* anhaftete. Ich jedenfalls stellte mich ungewöhnlich ungeschickt an, als ich in meiner Tasche kramte, erst in einem Spirituosenladen nach Geld, später auf der Treppe vor meinem Haus nach den Schlüsseln. Es war ein frischer Oktobertag, und Erica trug warme Sachen; drinnen zog sie ihre ärmellose Jacke und ihren Baumwollpullover aus, streifte eine Schicht nach der anderen ab, bis sie nur noch ihre Lieblingskleidung trug: T-Shirt und Jeans. Mangels einer Kerze schaltete ich den Fernseher an und drückte die Stummtaste, wodurch ich den Raum in ein matt flackerndes Licht tauchte. Wir tranken aus zwei schön verzierten Silberbechern, ein Examensgeschenk eines Onkels, weswegen der Champagner einen metallischen, aber nicht unangenehmen – und eigentlich ziemlich exotischen – Geschmack annahm.

»Mich hat's heute beim Taekwondo erwischt«, sagte Erica. »Wir waren beim Sparring, und ich musste gegen eine Frau antreten, die richtig schnell ist. Sie hat mich direkt unter der Achselhöhle erwischt. Da« – sie berührte die Stelle –, »ich spüre es noch beim Atmen. Eine ziemlich heftige Prellung.« Sie sah mich an. Ich betastete mein Knie, folgte der Narbe von meiner Operation. Dann sagte Erica: »Willst du mal sehen?« Ich musterte sie, versuchte herauszufinden, ob sie vielleicht scherzte; offenbar nicht. Also nickte ich nur, unfähig, meiner Stimme zu vertrauen. Ich hatte geglaubt, sie werde lediglich ihr T-Shirt hochziehen, doch sie zog es ganz aus und hob den Arm. Ich starrte sie an. Ich hatte sie schon vorher im Bikini gesehen – ja, sogar oben ohne –, doch wie sie da so im BH auf meinem Futon saß, war mir, als hätte ich sie noch nie so nackt gesehen. Ihr Körper hatte seine Bräune verloren und erschien im Schein des Fernsehers fast blau, und sie war sogar noch durchtrainierter als in meiner Erinnerung. Sie schien wie aus einer anderen Welt; sie hätte mitten aus einem pornografischen Roman sein können. Ich befahl mir, mich auf ihren Bluterguss zu konzentrieren; er saß fett und dunkelrot oberhalb ihres Brustkorbs, zweigeteilt vom Träger des BH.

Unwillkürlich streckte ich die Hand aus. Dann zögerte ich. Erica erwiderte wachsam meinen Blick, doch ihr Ausdruck blieb unverändert, also berührte ich sie, legte die Finger auf den Bluterguss. Sie hob die Hand zum Hinterkopf, als ich die

Rippenlinie nachzog. Ich spürte, wie sie eine Gänsehaut bekam, und ich zog sie an mich, umarmte sie sanft und küsste sie erst auf die Stirn, dann auf die Lippen. Sie reagierte nicht, sie wehrte sich nicht, sie ließ es einfach geschehen, dass ich sie auszog. Zuweilen spürte ich, wie sie sich an mir festhielt, oder ich hörte ein ganz leises Stöhnen. Hauptsächlich aber war sie stumm und reglos, doch mein Begehren war so stark, dass ich die wachsende Wunde, die ihr Verhalten meinem Stolz zufügte, unbeachtet ließ und weitermachte. Ich fand es schwierig, in sie einzudringen, es war, als wäre sie nicht erregt. Sie sagte nichts, während ich in ihr war, doch mir blieb ihr Unbehagen nicht verborgen, also zwang ich mich aufzuhören.

»Es tut mir leid«, sagte sie. »Nein, mir tut es leid«, sagte ich. »Es gefällt dir nicht?« »Ich weiß nicht«, sagte sie, und zum ersten Mal in meiner Gegenwart füllten sich ihre Augen mit Tränen. »Ich werde einfach nicht feucht. Ich weiß nicht, was mit mir los ist.« Ich hielt sie in den Armen, und während wir dalagen, erzählte sie mir, ich sei der erste Mann, mit dem sie seit Chris zusammen gewesen sei – überhaupt der *einzige* außer Chris. Seit seinem Tod, sagte sie, habe ihre Sexualität weitgehend geruht. Sie habe nur einmal einen Orgasmus bekommen, und auch nur, als sie es sich mit ihm vorstellte. Ich wusste nicht, was ich sagen sollte. Ich wollte sie trösten, sie in ihr Inneres begleiten und ihr gestatten, weniger allein zu sein. Also bat ich sie, mir von ihm zu erzählen, wie es dazu gekommen war, dass sie sich küssten, dass sie sich liebten. »Das willst du wirklich wissen?«, fragte sie. Ich bejahte, und so erzählte sie es mir.

Teile ihrer Geschichte kannte ich schon von früher; in jener Nacht erzählte sie mir alles. Manches davon erschien mir vertraut; später erkannte ich, dass das, was mir vertraut schien, die *Emotionalität* war, mit der sie sprach, eine Emotionalität, die der glich, die sie in mir auslöste. Ich versuchte, mich über meine Situation hinwegzusetzen, ihr zuzuhören, als begehrte ich sie nicht und sei nicht verletzt, weil ihr Körper mich – anscheinend gegen ihren Willen – abgewiesen hatte. Das gelang mir in einer Weise, die mich noch heute überrascht. Die Geschichte der beiden ist mir noch lebhaft in Erinnerung, aber ich möchte sie jetzt nicht erzählen. Es soll genügen, dass ihre Liebe ungewöhnlich war und ihre Identitäten in einem solchen Grad vermischte, dass Erica bei Chris' Tod glaubte, sie habe sich verloren; selbst jetzt, sagte sie, wisse sie nicht, ob man sie noch einmal finden könne.

Doch als sie von ihm sprach, schien ihre Stimme kräftiger zu werden und ihr nackter Körper neben mir weicher und entspannter. In ihre Augen trat eine Lebendigkeit, sie waren nicht mehr nach innen gewandt. Sie fragte mich nach *meinen* Erfahrungen, nach der Art des Sex und der Beziehungen zwischen Teenagern in Pakistan. Ich sagte ihr, bevor ich nach Amerika gekommen sei, hätte ich praktisch keinen Sex erlebt, und im Lichte dessen, was sie mir gerade erzählt habe, seien meine Beziehungen kaum der Rede wert gewesen. Dennoch seien sie auf ihre Weise wunderbar gewesen, sagte ich, und ich unterhielt sie stundenlang, wie es schien, mit Anekdoten aus Lahore. Einmal merkte ich, wie ich an die Decke starrte, als wären da die Sterne, und wir fingen beide an zu lachen. Endlich fühlten wir uns im Bett miteinander wohl, und als der Himmel allmählich hell wurde, musste ich ein freundliches Gähnen unterdrücken. Auch sie sei schläfrig, sagte sie, und ich könne sie besser als jedes Medikament beruhigen. So schliefen wir dann ein, nicht in den Armen des anderen, sondern Schulter an Schulter, und nur unsere Knöchel berührten sich. Vielleicht lag es an unserem Gespräch, dass ich nicht von Erica träumte, sondern von zu Hause; was sie träumte, habe ich nicht erfahren …

Jetzt, Sir, betrachten Sie mich aber mit einem ganz eigenartigen Ausdruck. Wahrscheinlich finden Sie es grob, dass ich Ihnen, einem Fremden, solche Intimitäten enthülle? Nein? Ich interpretiere Ihre Kopfbewegung einfach als Antwort. Sie müssen mir glauben, dass ich nicht immer so offen spreche, eigentlich fast nie. Aber der heutige Abend, da sind wir uns wohl einig, ist ein Abend von einiger *Bedeutung*. Jedenfalls für mich – und sollte ich mich irren, so dürfen Sie mich mit Fug und Recht für einen ganz ungehobelten Kerl halten!

7

Heute, Sir, frage ich mich, inwieweit ich überhaupt an die Stabilität des Fundaments meines neuen Lebens glaubte, das ich mir in New York aufzubauen versuchte. Ich *wollte* daran glauben, gewiss, zumindest wollte ich keine starken Zweifel aufkommen lassen, um mich so weit wie nur irgend möglich davon abzuhalten, den naheliegenden Zusammenhang zwischen der bröckelnden Welt um mich herum und der drohenden Zerstörung meines persönlichen amerikanischen Traums herzustellen. Die Macht meiner Scheuklappen schockiert mich im Rückblick – so deutlich waren, im Nachhinein, die Vorzeichen der nahenden Katastrophe, in den Nachrichten, auf der Straße und im Zustand der Frau, in die ich mich verliebt hatte.

In jenen September- und Oktoberwochen, als ich mit Erica herumzog, wurde Amerika von einer wachsenden und selbstgerechten Wut gepackt; das mächtige Heer, das ich hinter Ihrem Land vermutet hatte, wurde tatsächlich aufgestellt und in Marsch gesetzt – aber nach Hause, in Richtung meiner Familie in Pakistan. Wenn ich mit ihnen telefonierte, war meine Mutter verängstigt, mein Bruder zornig und mein Vater stoisch – das werde alles vorübergehen, sagte er. Ich fand Trost in den Ansichten meines Vaters, und ich hüllte mich in sie, als wären sie meine eigenen. »Machst du dir Sorgen, Mann?«, fragte mich Wainwright eines Tages in der Cafeteria von Underwood Samson und legte mir teilnahmsvoll die Hand auf die Schulter, während ich mir einen Bagel mit Räucherlachs und Frischkäse machte. Nein, erklärte ich, Pakistan habe den Vereinigten Staaten seine Unterstützung zugesagt, die Vergeltungsdrohungen der Taliban seien bedeutungslos, meiner Familie werde nichts geschehen.

So gut ich konnte, ignorierte ich die Gerüchte, die ich im Pak-Punjab Deli mithörte: Pakistanische Taxifahrer würden halb totgeschlagen, das FBI mache Razzien in Moscheen, Geschäften und sogar in Privatwohnungen, muslimische Männer verschwänden, vielleicht in dubiose Gefangenenlager, um verhört zu werden oder Schlimmeres. Ich redete mir ein, dass diese Geschichten überwiegend unwahr seien, die wenigen, die auf Fakten gründeten, seien sicher übertrieben, und außerdem beträfen die seltenen Fälle von Missbrauch, die leider eben doch durchsickerten, wohl kaum mich selbst, weil derlei Dinge in Amerika wie auch anderswo ausschließlich den bedauernswerten Armen widerfuhren, aber nicht Princeton-Absolventen mit einem Jahresgehalt von achtzigtausend Dollar.

Derart mit meiner Leugnung gewappnet, konnte ich mich

mit anhaltendem und beträchtlichem Erfolg auf meinen Job konzentrieren. Nach dem außergewöhnlichen Zeugnis, das ich für meine Arbeit auf den Philippinen erhalten hatte, war ich Jims Liebling geworden. Er bot mir eine weitere Mitarbeit in einem seiner Teams an, diesmal ging es um die Bewertung eines kränkelnden Kabelunternehmens. Die Firma hatte ihren Sitz in New Jersey – wohin ich dann täglich pendelte – und war von der rückläufigen Investitionsbereitschaft auf dem Technologiesektor im Allgemeinen und bei kleinen Breitband-Anbietern im Besonderen hart getroffen worden; sie konnte kaum noch ihre Schulden begleichen und war ein heißer Kaufkandidat geworden.

Diesmal war dem Kunden das Potenzial für künftiges Wachstum gleichgültig. Nein, unser Auftrag bestand darin zu ermitteln, wie viel Fett sich herausschneiden ließ. Callcenter, das war klar, konnten outgesourct werden, der Außendienst reduziert, der Einkauf mit den bestehenden Geschäftsbereichen unseres Kunden zusammengelegt werden. Das Potenzial für eine Reduzierung der Belegschaft war beträchtlich, entsprechend frostig war der Empfang, den uns die Angestellten der Firma bereiteten. Unsere Telefone und Faxgeräte funktionierten plötzlich nicht mehr, unsere Sicherheitsausweise und Notebooks verschwanden. Häufig hatte mein Mietwagen einen Platten, wenn ich auf den Parkplatz kam – zu häufig, als dass es Zufall hätte sein können.

Einmal passierte es, als Jim für einen Tag hergekommen war; er hatte mich gebeten, ihn in die Stadt mitzunehmen.

Er schüttelte den Kopf, als ich den Ersatzreifen herausholte. »Lassen Sie das nicht an sich rankommen, Changez«, sagte er. »Die Zeit bewegt sich nur in eine Richtung. Denken Sie daran. Die Dinge verändern sich ständig.« Er löste das Metallband seiner Uhr, ein solider Tauchchronometer, und ließ sie bis auf die Knöchel rutschen. »Als ich am College war«, fuhr er fort, »ging es der Wirtschaft ziemlich mies. Es war in den Siebzigern. Stagflation. Dennoch konnte man die Chancen förmlich riechen. Amerika bewegte sich von der Produktion zur Dienstleistung, ein gewaltiger Wandel, größer als jeder, den wir bis dahin erlebt hatten. Mein Vater hatte bis zu seinem Tod Dinge mit den Händen hergestellt, ich habe also aus unmittelbarer Nähe erlebt, dass diese Zeit vorbei war.« Er drückte das Uhrarmband wieder zu. Dann machte er eine Faust und drehte den dicken Unterarm hin und her, ganz langsam, bis das Instrument seine Position gefunden hatte. Seine Bewegungen hatten fast etwas Rituelles, als legte ein Schlagmann – fast würde ich sagen, ein Ritter – seine Handschuhe an, bevor er den Kampfplatz betritt.

»Die Wirtschaft ist ein Tier«, fuhr Jim fort. »Sie entwickelt sich. Erst brauchte sie Muskeln. Dann strömte alles verfügbare Blut in ihr Gehirn. Und da wollte ich sein. Im Finanzwesen. Im Koordinierungsgeschäft. Und da sind auch *Sie*. Sie sind Blut, das von einem Körperteil herangeschafft wurde, das für die Spezies keine Funktion mehr hat. Vom Steißbein. Wie ich auch. Wir kamen von Stellen, die langsam verkümmerten.« Ich hatte den Reifen gewechselt, also schloss ich den

Kofferraum und entriegelte die Türen. »Den meisten ist das nicht klar, mein Junge«, sagte er, während er sich neben mich zwängte und mit dem Kopf auf das dunkle Gebäude zeigte, das wir verlassen hatten. »Die versuchen, sich dem Wandel zu widersetzen. Mächtig wird man, wenn man *selbst* zum Wandel wird.«

Ich ließ mir durch den Kopf gehen, was Jim gesagt hatte – an dem Abend auf der Fahrt nach Manhattan und auch in den Wochen darauf. Seine Worte enthielten etwas Wahres, aber ich konnte mich nicht mit dem Gedanken anfreunden, dass der Ort, von dem ich kam, zum Absterben verdammt war. Also verweilte ich lieber bei dem positiven Aspekt seiner kleinen Predigt: bei dem Gedanken, dass ich mir mit meinem Ehrgeiz einen Bereich gesucht hatte, der von immer größerer Bedeutung für die Menschheit sein und mir daher wahrscheinlich ein immer weiter steigendes Einkommen bescheren würde. Auch fand ich mich besser gerüstet, die Abneigung, die um uns brodelte, als wir in jenem Herbst in der Firma in New Jersey unserer Arbeit nachgingen, als töricht oder wenigstens kurzsichtig anzusehen.

Aber es wäre nicht richtig zu sagen, dass ich völlig unbeschwert war. Unter den Mitarbeitern der Kabelfirma waren auch Ältere. Manchmal saß ich in der Cafeteria in ihrer Nähe – wenn auch nie am selben Tisch; die Plätze neben unserem Team blieben immer leer –, und ich stellte mir vor, dass viele von ihnen Kinder in meinem Alter hatten. Wenn das Englische eine respektvolle Form des *du* hätte – wie wir im Urdu –, dann hätte ich sie, ohne auch nur eine Sekunde zu zögern, damit angeredet. So aber ließ mir der Rahmen unserer Begegnungen nur minimalen Raum, ihnen meine Achtung – oder gar Sympathie – zu bezeugen. An einem der vielen Wochenendabende, die wir im Büro verbrachten, sprach ich darüber mit Wainwright, und der sagte: »Mann, du arbeitest für den *Boss*. Hat dir das keiner bei der Einweisung gesagt?« Dann lächelte er mich müde an und fuhr fort: »Aber ich verstehe, was du sagen willst. Denk nur immer daran, dass deine Projekte erledigt werden, ob du nun daran mitarbeitest oder nicht. Und immer an die *Fundamentals* denken.«

An die Fundamentals denken. Das war bei Underwood Samson das Leitprinzip, das uns vom ersten Arbeitstag an eingetrichtert worden war. Es forderte eine unbeirrbare Konzentration auf die finanziellen Feinheiten, darauf, den wahren Gehalt der Faktoren herauszufieseln, die den Wert eines Assets bestimmen. Und genau das tat ich weiterhin, meistens mit Geschick und Begeisterung. Denn ganz ehrlich, Sir, Mitleid für die bald an die Luft gesetzten Beschäftigten stellte sich nicht übermäßig häufig ein; unsere Arbeit erforderte einen Einsatz, der für solcherlei Ablenkungen wenig Zeit ließ.

Dann aber geschah in der zweiten Oktoberhälfte etwas, was meinen Gleichmut erschütterte. Es war kurz nachdem Erica und ich ergebnislos versucht hatten, miteinander zu schlafen – vielleicht ein, zwei Tage danach, genau erinnere ich mich nicht mehr daran. Afghanistan wurde schon seit vierzehn Tagen bombardiert, und ich hatte die Abendnachrichten gemieden, da ich mir die parteiische Berichterstattung, die sich wie die eines Sportereignisses ausnahm, angesichts des Missverhältnisses zwischen den amerikanischen Bombern mit ihrer Bewaffnung des einundzwanzigsten Jahrhunderts und den schlecht ausgerüsteten und schlecht versorgten afghanischen Stammesangehörigen am Boden, nicht anschauen wollte. Sah ich mich dann doch einmal mit solchen Programmen konfrontiert – etwa in einer Bar oder am Eingang der Kabelfirma –, fühlte ich mich an den Film *Terminator* erinnert, allerdings mit vertauschten Rollen, so dass die Maschinen die Helden waren.

Was mich so mitnahm, ereignete sich, als ich selbst den Fernseher anschaltete. Ich war nach Mitternacht von New Jersey nach Hause gekommen und zappte durch die Kanäle auf der Suche nach einer beruhigenden Sitcom, als ich auf eine Nachrichtensendung mit gespenstischen Nachtsichtbildern von amerikanischen Truppen stieß, die gerade in Afghanistan eindrangen, um dort, wie es hieß, einen wagemutigen Überfall auf einen Kommandoposten der Taliban durchzuführen. Meine Reaktion traf mich unvorbereitet; Afghanistan war das Nachbarland Pakistans, mit uns befreundet und außerdem ebenfalls ein muslimisches Land, und vom Anblick dessen, was ich als den Beginn der Invasion durch Ihre Landsleute begriff, zitterte ich plötzlich vor Wut. Ich musste mich setzen, um mich zu beruhigen, und ich weiß noch, dass ich ein Drittel einer Flasche Whiskey verputzte, bis ich schließlich einschlafen konnte.

Am nächsten Tag kam ich zum ersten Mal zu spät zur Arbeit. Ich hatte verschlafen und erwachte mit hämmernden Kopfschmerzen. Meine Wut hatte nachgelassen, doch sosehr ich mir einredete, ich hätte mir das alles nur eingebildet – einer solch gründlichen Selbsttäuschung war ich nicht mehr fähig. Immerhin sagte ich mir, ich hätte überreagiert, ich könne ja ohnehin nichts tun, und diese ganzen Weltereignisse spielten sich auf einer Bühne ab, die für mein persönliches Leben ohne Bedeutung sei. Doch ich merkte, wie die Glut weiterhin in mir glomm, und an dem Tag hatte ich Schwierigkeiten, mich auf die Fundamentals zu konzentrieren, was mir normalerweise so gut gelang.

Aber da! Haben Sie das gehört, Sir, dieses gedämpfte Grollen wie von einem jungen Löwen, der in einem Jutesack gefangen gehalten wird? Das war mein Magen, der dagegen protestiert, dass er nichts zu essen bekommt. Wollen wir nicht unser Abendessen bestellen? Sie möchten lieber warten und bei Ihrer Rückkehr im Hotel essen? Aber ich bestehe darauf! Eine solch authentische Einführung in die Cuisine Lahores dürfen Sie sich nicht entgehen lassen; sie wird mit den Gerichten, für die dieser Markt zu Recht bekannt ist, ein rein karnivores Festmahl werden – da aus einer Zeit, als das Wissen um Cholesterin den Menschen noch keine Angst vor seiner Beute einflößte – und darum desto köstlicher sein.

Vielleicht weil es uns gegenwärtig an Reichtum, Macht oder auch nur – ungeachtet gelegentlich hervorragender Leistungen unseres Kricket-Teams – sportlichem Ruhm mangelt, wie es unserem Status als dem Land mit der sechstgrößten Bevölkerung entspräche, legen wir Pakistani auf unser Essen außerordentlichen Wert. Hier in Alt-Anarkali besteht er in der Reinheit der dargebotenen Kost; kein einziger dieser würdigen Gastwirte würde es auch nur in Erwägung ziehen, ein westliches Gericht auf die Speisekarte zu setzen. Nein, wir sind vielmehr umgeben von Kebab vom Lamm, dem Tikka vom Huhn, dem gedämpften Fuß der Ziege, dem scharf gewürzten Hirn des Schafs! Das, Sir, sind Köstlichkeiten des *Jägers*, Köstlichkeiten, durchtränkt von einem Hauch Luxus und wollüstiger Hingabe. Wir haben nichts übrig für die vegetarischen Rezepte, die man jenseits der Grenze im Osten findet, auch nicht für das sterilisierte, behandelte Fleisch, das in Ihrer Heimat so verbreitet ist! Hier sind wir nicht so zimperlich, wenn es darum geht, uns den Folgen unseres Appetits zu stellen.

Denn wir waren nicht immer mit Schulden belastet, von ausländischen Leistungen und von Almosen abhängig; in den Geschichten, die wir über uns erzählen, sind wir nicht die wahnsinnigen und verarmten Radikalen, die Sie auf Ihren Fernsehkanälen sehen, sondern Heilige und Dichter und – jawohl – siegreiche Könige. *Wir* haben die Königliche Moschee erbaut und die Shalimar-Gärten in dieser Stadt angelegt, *wir* haben das Lahore-Fort errichtet, mit seinen mächtigen Mauern und der breiten Rampe für unsere Kampfelefanten. Und als wir das alles erschufen, war Ihr Land noch eine Ansammlung dreizehn kleiner Kolonien, die am Rande eines Kontinents ihr Dasein fristeten.

Aber ich werde schon wieder laut und bereite Ihnen zudem erhebliches Unbehagen. Bitte entschuldigen Sie; es war nicht meine Absicht, grob zu sein. Außerdem sollte ich Ihnen doch erklären, warum ich mit Erica nicht über meine Wut anlässlich des Einmarschs amerikanischer Truppen in Afghanistan sprach. Nach jener Nacht, in der wir in meinem Bett feierten, dass sie einen Agenten gefunden hatte, gab es mehrere Tage lang keinen Kontakt mit Erica; sie nahm nicht ab, wenn ich anrief, und antwortete nicht auf meine Nachrichten. Dieses Verhalten verletzte mich – ich nahm ihr Schweigen als Rücksichtslosigkeit –, und als sie sich dann doch mit mir in einer Bar verabredete, ging ich mit reichlich Vorwürfen im Bauch hin. Was ich dann sah, traf mich völlig unvorbereitet.

Am Tresen stand eine reduzierte Erica, nicht die lebhafte, selbstsichere Frau, die ich kannte, sondern ein blasses, nervöses Wesen, das mir fast fremd war. Sie schien abgenommen zu haben, und ihre Blicke zuckten durchs Lokal. Erst als sie lächelte, erstrahlte etwas von der alten Erica, doch das Lächeln wich so schnell aus ihrem Gesicht, wie es gekommen war. Meine Bestürzung muss wohl deutlich gewesen sein, denn sie lächelte wieder und sagte: »Sehe ich so schlimm aus?« »Überhaupt nicht«, log ich. »Etwas müde vielleicht. Geht's dir nicht gut?« »Nein«, sagte sie. »Tut mir leid, dass ich mich nicht früher gemeldet habe.« »Ist schon in Ordnung«, sagte ich. »Ich hoffe nur, dass ich dich nicht genervt habe.« »Du nervst nie«, sagte sie. »Ich hatte eine ziemlich schlimme Phase. Es war nicht die erste. Aber so heftig war es seit Chris' Tod nicht mehr.«

Wir bestellten, Bier für mich und eine Flasche Wasser für sie, und ich erwog, sie in den Arm zu nehmen, entschied mich aber dagegen; sie wirkte zu zerbrechlich für eine Berührung. »Es ist so«, fuhr sie fort, »dass alles in meinem Kopf kreist, es denkt und denkt, und dann kann ich nicht schlafen. Und wenn du ein paar Tage nicht geschlafen hast, wirst du krank. Du kannst nicht mehr essen. Du fängst an zu weinen. Das kriegt dann so eine Eigendynamik. Mein Arzt hat mir ein stärkeres Mittel gegeben, mit dem habe ich wieder geschlafen. Aber es ist kein richtiger Schlaf. Und den Rest des Tages habe ich das Gefühl, dass ich vollkommen neben mir stehe. Wie wenn du aus dem Flugzeug steigst und nicht richtig hören kannst. Genau so, nur dass es nicht nur das Gehör ist und ich es nicht freischlucken kann.« Sie trank etwas Wasser und zwinkerte mir bemüht zu. Dann sagte sie: »Schlimm, wie?«

Ich stand schweigend da, und mir fiel nichts ein, was ich hätte sagen können, nicht einmal ein Lächeln brachte ich zustande; ich war entsetzt. Doch sie wartete auf eine Antwort, also sagte ich: »Aber woran denkst du denn, was bringt dich so durcheinander?« »Ich denke viel an Chris«, sagte sie, »und ich denke an mich. Ich denke an mein Buch. Und manchmal habe ich ziemlich düstere Gedanken. Und ich denke an dich.« »Was denkst du«, fragte ich, »wenn du an mich denkst?« »Ich denke, dass es für dich nicht gut ist, wenn du mich jetzt so viel siehst«, antwortete sie. »Ich meine, es ist nicht gut für dich.« »Doch«, versicherte ich ihr, auch wenn ich Angst bekam, »ich will dich aber sehen.« »Genau das meine ich ja«, sagte sie und sah mir sehr ernst in die Augen. »Verstehst du? Genau das meine ich.«

Ich verstand es nicht im Mindesten, und ich bat sie, mit zu mir zu kommen. »Ich glaube, das sollte ich nicht tun«, sagte sie, »wirklich.« Doch in ihrem Ausdruck lag etwas Weiches, und als ich weiter darauf beharrte, willigte sie schließlich ein. Während der Fahrt im Taxi mühte sich mein Gehirn ab zu begreifen, was da geschah. Im Verlauf jener letzten Wochen hatte ich mich – das mag nun sentimental und altmodisch klingen, aber schließlich war ich in einer Familie aufgewachsen, wo ein kurzes Werben die Regel war – Tagträumen von einem Leben als Ericas Mann hingegeben; nun merkte ich, dass nicht nur sie, sondern auch die Frau selbst vor meinen Augen verschwand. Ich wollte ihr helfen, an ihr festhalten – ja, an *uns* festhalten –, und ich wollte sie unbedingt aus dem Gestrüpp ihrer Psychose befreien. Aber ich wusste nicht, wie ich es anstellen sollte.

In meinem Bett bat sie mich, sie in die Arme zu nehmen; ich tat es und flüsterte ihr leise ins Ohr. Ich wusste, dass ihr meine Geschichten aus Pakistan gefielen, also erzählte ich ihr alles Mögliche von meiner Familie und von Lahore. Als ich sie küssen wollte, blieben ihre Lippen regungslos und sie schloss auch nicht die Augen. Also schloss ich sie für sie und fragte: »Vermisst du Chris?« Sie nickte, und ich sah, wie sich Tränen zwischen ihren Lidern hervorpressten. »Dann tu so«, sagte ich, »tu so, als wäre ich er.« Ich weiß nicht, warum ich das sagte; ich fühlte mich überwältigt, und plötzlich erschien das als ein möglicher Schritt nach vorn. »Was?«, sagte sie, ohne die Augen zu öffnen. »Tu so, als wäre ich er«, wiederholte ich. Und langsam, im Dunkeln und schweigend, taten wir es.

Ich weiß nicht, wie ich beschreiben soll, was dann geschah; ich kann natürlich nicht behaupten, ich sei *besessen* gewesen, aber gleichzeitig war ich nicht ich selbst. Es war, als wären wir verzaubert, in eine Welt verpflanzt worden, in der ich Chris war und sie mit Chris zusammen war, und wir liebten uns mit einer körperlichen Vertrautheit, die Erica und ich nie zuvor genossen hatten. Ihr Körper verweigerte sich mir nicht mehr; ich sah auf ihre geschlossenen Augen, und ihre geschlossenen Augen sahen auf *ihn*.

Ich erinnere mich noch immer daran, wie muskulös sie war, was durch ihre Hagerkeit noch stärker zur Geltung kam, und an die beinahe unbelebte Glätte und Kühle ihres Fleischs, wenn sie sich zurückbeugte und mir ihre Brüste darbot. Der Eingang zwischen ihren Beinen war nass und weit, gleichzeitig aber seltsam starr; ich fühlte mich – widerwillig – an eine Wunde erinnert, die unserem Sex trotz der Sanftheit, um die ich mich bemühte, etwas Gewalttätiges gab. Mehr als einmal meinte ich Blut zu riechen, doch als ich mit den Fingern prüfte, ob sie ihre Tage hatte, fand ich sie unbefleckt. Zum Ende hin erschauerte sie – schmerzerfüllt, fast tödlich; auf ihren Schauder folgte meiner.

»Du bist ein freundlicher Mensch«, sagte sie danach, als wir nebeneinanderlagen; »es klingt vielleicht blöd, aber es ist wahr.« Ich hielt sie im Arm und sagte nichts. Ich empfand etwas, was ich nie zuvor und danach empfunden habe, ich erinnere mich noch gut daran: Ich war *befriedigt* und *beschämt* zugleich. Meine Befriedigung war mir begreiflich, meine Scham verwirrte mich eher. Vielleicht hatte ich, indem ich in die Haut eines anderen geschlüpft war, mich selbst herabgesetzt, vielleicht war ich in der eigentümlichen Dreiecksgeschichte, deren Teil ich nun war, von der fortgesetzten Dominanz meines toten Rivalen gedemütigt, vielleicht fürchtete ich auch, selbstsüchtig gewesen zu sein, und schon da spürte ich, dass ich Erica zutiefst verletzt hatte. Doch diese letzte Erklärung ist – hoffe ich jedenfalls – unwahrscheinlich; natürlich konnte ich nicht wissen, was ihr in den folgenden Wochen und Monaten widerfahren sollte.

In jener Nacht schlief Erica ohne Medikamente ein; ich blieb wach, auch deshalb, weil ich noch nichts gegessen hatte. Aus Angst, sie zu stören, zögerte ich aufzustehen und zum Kühlschrank zu gehen, doch sie schlief tief, wie ein Kind, und schließlich ging ich doch. Ich aß nur Brot und trank nur Wasser, ein fades Mahl, doch ich aß und trank weiter, bis mein Bauch voll war, und als ich wieder ins Bett ging, war es, als hätte ich eine straff gespannte Trommel umgeschnallt, die mich zwang, mich auf die Seite zu legen.

In dem Dunkel um uns herum und dem ausdruckslosen Umriss Ihres Gesichts ist es kaum zu erkennen, Sir, aber ich vermute, dass Sie mich mit einer gewissen Abscheu betrachten; ich jedenfalls würde Sie so ansehen, wenn *Sie* mir gerade so etwas erzählt hätten. Aber ich hoffe, Ihr Ekel hat Ihnen nicht den Appetit verdorben, denn ich will gerade den Kellner rufen, damit er unsere Bestellung aufnimmt. Ich kann Ihnen versichern, dass unser Mahl alles andere als fade sein wird – da kommt er auch schon. Hallo!

8

Irgendetwas, Sir, muss an unserem Kellner sein, das Sie weiterhin beunruhigt. Ich gebe zu, er ist ein einschüchternder Bursche, größer noch als Sie. Doch die Härte seines wettergegerbten Gesichts lässt sich leicht erklären: Er stammt aus unserem gebirgigen Nordwesten, wo das Leben alles andere als einfach ist. Und falls Sie meinen, er habe eine Abneigung gegen Sie, so möchte ich Sie bitten, darüber hinwegzusehen; das Gebiet seines Stammes erstreckt sich zu beiden Seiten unserer Grenze mit dem benachbarten Afghanistan, und er hat unter den Offensiven gelitten, die Ihre Landsleute durchgeführt haben.

Ob er betet, fragen Sie? Nein, Sir, keineswegs! Was er da aufsagt – rhythmisch, formelhaft, aus dem Gedächtnis und aus diesem Grund in der Tat einem Gebet nicht unähnlich –, ist in Wirklichkeit der Versuch, unsere Speisefolge zu übermitteln, ganz so, wie man in Ihrem Land die Tagesgerichte gesagt bekommt. Hier gibt es natürlich keine Tagesgerichte;

das hervorragende Haus, dessen Gäste wir heute Abend sind, bereitet aller Wahrscheinlichkeit nach seit vielen Jahren immer die gleichen Gerichte zu. Ich könnte es Ihnen übersetzen, aber vielleicht ist es besser, wenn ich ein paar Köstlichkeiten auswähle, die wir beide uns dann teilen. Wollen Sie mir diese Ehre gewähren? Vielen Dank. So, schon erledigt, und weg ist er.

Ich hatte Ihnen von meiner Unruhe in der Nacht erzählt, als ich schließlich mit Erica schlief – eine Nacht, die, hätten wir eine normalere Beziehung gehabt, eine große Freude hätte sein sollen. Sie ging noch vor Tagesanbruch. Schreckte aus dem Schlaf hoch und wollte trotz meiner Bitten, doch zu bleiben, unbedingt nach Hause. Erneut verging eine ganze Weile, bis ich wieder von ihr hörte; meine Anrufe wurden nicht entgegengenommen, meine Nachrichten nicht beantwortet. Ich hatte meine Lektion gelernt und unterließ weitere Bemühungen, Kontakt mit ihr aufzunehmen. Doch nachdem zwei Wochen verstrichen waren, versuchte ich es erneut und wurde mit einer Antwort belohnt. Sie entschuldigte sich wie zuvor, dass sie auf diese Weise verschwunden sei, sagte, sie halte es für das Beste, vielleicht für sie, aber ganz gewiss für mich, wenn wir versuchten, einander nicht zu oft zu sehen, und sie entsprach meiner Bitte um ein Treffen. »Aber komm zu mir«, sagte sie, »mir ist nicht nach Weggehen.«

An Ericas Wohnungstür begrüßte mich ihre Mutter; sie geleitete mich in ein Vorzimmer – in dem zwischen antikem Zierrat auch ein Bonsai und ein Cembalo standen – und sagte: »Ich glaube, wir sollten uns einmal unterhalten. Erica hat Ihnen ihre Geschichte erzählt, oder?« Ich nickte. »Nun, ihr Zustand hat sich wieder verschlechtert. Es ist ernst. Im Moment braucht sie Stabilität. Keine Gefühlsaufwallungen, Sie verstehen? Sie sind ein netter junger Mann, und ich weiß, dass Sie ihr etwas bedeuten. Aber Sie müssen einsehen, dass sie im Augenblick krank ist. Sie braucht einen Freund, einen platonischen.« Sie schaute mich flehend an. »Ich verstehe, Madam«, sagte ich. »Ich will tun, was Ihrer Meinung nach das Beste für sie ist.« »Danke«, sagte sie. Dann lächelte sie und fügte hinzu: »Man versteht sofort, warum sie Sie mag.«

Dieses Gespräch hinterließ einen tiefen Eindruck auf mich, weniger das, was sie sagte – auch wenn mich diese düstere Charakterisierung von Ericas Zustand bestürzte –, sondern vielmehr, *wie* sie es sagte; die Tonlage von Ericas Mutter war stille Verzweiflung, und das machte mir Angst. Zögernd betrat ich Ericas Zimmer und versuchte mich dagegen zu wappnen, was dort auf mich zukommen würde. Und das war zunächst nicht sonderlich beängstigend: Erica lag auf dem Bett, blass, ja, als hätte sie Fieber, und ihre Haare waren seit einiger Zeit nicht mehr gewaschen worden, doch sie schien guter Laune zu sein. Sie klopfte auf den Platz neben sich und bot mir, als ich mich setzte, ihre Stirn zum Kuss.

Wir unterhielten uns eine Weile, als wäre nichts Ungewöhnliches geschehen und als begegneten wir uns unter völlig normalen Umständen. Ich erzählte ihr von meinem Projekt in New Jersey – von der negativen Reaktion der Angestellten der

Kabelfirma auf unsere Anwesenheit, von Jims Ratschlägen – und von den alltäglichen Begebenheiten in meinem Leben, seit sie mich zuletzt gesehen hatte. Sie erzählte mir von ihrem Arzt und ihren Medikamenten, wie sie es ihr erschwerten, sich zu konzentrieren, und wie ihr die Tage so dahingingen, ohne dass sich etwas ereignete. Angesichts der entspannten Art, mit der sie das beschrieb, hätte man es einem Beobachter nachsehen können, wenn er ihren Zustand für nicht ernst gehalten und sie auf dem Wege der Besserung gesehen hätte – bis ich sie nach ihrem Roman fragte.

Sogleich bedauerte ich es. Ihre Augen begannen umherzuschweifen, und ihre Stimme wurde weniger sicher: »Irgendwie kann ich nicht daran arbeiten«, sagte sie. »Jedes Mal, wenn ich es versuche, rege ich mich nur auf. Und die Anrufe meines Agenten habe ich gar nicht entgegengenommen. Der Ärmste. Bestimmt hält er mich für verrückt.« Ich bemerkte, man wisse ja von Autoren, dass sie exzentrisch seien, daher sei es unwahrscheinlich, dass ihr Agent besonders beunruhigt sei, dann wollte ich das Thema wechseln, doch sie ließ es nicht zu. »Es hilft mir nicht mehr«, sagte sie. »Es hat mir immer geholfen, das Schreiben, wenn etwas rausmusste, was in mir festsaß. Aber ich krieg's nicht mehr raus. Es zieht mich hinein, verstehst du? Ich grüble darüber nach, statt darüber zu schreiben.« Ich versuchte die Frage zu unterdrücken, was mit *es* gemeint sei – ob ich glaubte, es würde sie aufwühlen oder vielmehr mich, weiß ich jetzt nicht mehr –, aber ich schaffte es nicht. »Es geht darum, ob noch etwas übrig ist«, erklärte sie, plötzlich beunruhigend gefasst, »oder ob alles schon passiert ist.«

Wie kann ich Ihnen beschreiben, Sir, wie sehr ihre Worte mich mit Sorge erfüllten? Sie wandte den Blick ab, und ich sah, wie sie sich in sich zurückzog. Ich legte meine Hand neben ihre in der Hoffnung, sie, wie schon zahllose Male zuvor, aus ihren Gedanken zu locken. Ich sah, wie unsere Haut — meine gesund und braun, ihre ein fahles Weiß — durch eine Entfernung, nicht größer als die Breite eines Verlobungsrings, getrennt war, doch sie nahm mich gar nicht wahr. Ich wartete, dass meine Nähe sich ihr mitteilte; so verging eine Minute. Dann zog sie ihre Hand weg und legte sie, ohne auch nur in meine Richtung zu schauen, über die andere in ihren Schoß.

Als kurz darauf Ericas Mutter hereinkam, hatte ich nicht das Gefühl, dass sie etwas unterbräche. Nein, sie verhinderte keineswegs die Fortsetzung eines Gesprächs zwischen ihrer Tochter und mir, sie beendete lediglich meine Störung eines Gesprächs, das Erica mit Chris führte — eines Gesprächs, das auf einer Ebene stattfand, die ich nicht erreichen oder auch nur richtig erkennen konnte. Erica winkte mir zum Abschied, als ich ihr Zimmer verließ, doch sie tat es mit abgewandtem Gesicht, so dass ich ihrem Blick nicht begegnen konnte. Ihre Mutter dankte mir, dass ich gekommen war, und bat mich, mit einem Besuch zu warten, bis Erica sich von selbst meldete. Und damit und mit einem sanften Kuss auf die Wange schloss sie die Fahrstuhltür vor mir, und ich fuhr den Schacht hinab, allein.

Ich kehrte in meine Wohnung zurück und verbrachte die

Nacht im Halbdunkel, im Schein der Stadtlichter, der durch meine Fenster hereindrang, und ich fragte mich, so wie ich mich noch Monate später fragte – ja, manchmal noch bis zum heutigen Tag –, wo Ericas Reise hinging. Ich habe nie erfahren, was ihren Verfall auslöste – war es das Trauma des Angriffs auf ihre Stadt? Dass sie ihr Buch auf der Suche nach einem Agenten herumschickte? Waren es die Echos, die unsere gemeinsame Nacht in ihr auslöste? Alles zusammen? Nichts davon? –, aber ich glaube, ich wusste schon damals, dass sie in eine machtvolle *Nostalgie* verschwand und nur sie selbst bestimmen konnte, ob sie daraus wieder zurückkehrte.

Denn es war klar, dass Erica etwas brauchte, das ich – selbst wenn ich einwilligte, die Rolle eines Mannes zu spielen, der ich nicht war – ihr nicht geben konnte. Sehr wahrscheinlich sehnte sie sich nach ihrer Adoleszenz mit Chris, nach der Zeit, bevor sein Krebs ihr Unbeständigkeit und Sterblichkeit bewusst machte. Vielleicht war die Wirklichkeit ihrer gemeinsamen Zeit tatsächlich so wunderbar gewesen, wie sie sie mir mehr als einmal beschrieben hatte. Vielleicht war ihre Vergangenheit auch desto stärker, weil sie nur in ihrer Vorstellung existierte. Ich wusste nicht, ob ich an die Wahrheit ihrer Liebe glaubte; sie war eben eine Religion, die mich als Bekehrten nicht akzeptierte. Aber ich wusste, dass *sie* daran glaubte, und ich empfand mich als klein, weil ich ihr nichts von vergleichbarer Pracht bieten konnte.

In dem Jahr sah ich Erica nicht mehr. Thanksgiving wich bald der Dezemberkälte, und jede Woche – jeden Tag – überlegte ich, ob ich sie anrufen sollte, hielt mich aber immer zurück. Ihre Mutter hatte mich ja gebeten, dem Drang zu widerstehen, und vermutlich dachte ich, wenn ich mich ihr in ihrem inneren Kampf aufdrängte, würde ihr das nur schaden. Doch muss ich zugeben, dass meine Motive nicht ausschließlich edel waren; in mir waren mindestens noch Spuren des Zorns und der verletzten Eitelkeit, die den verschmähten Liebhaber kennzeichnen, und diese unwürdigen Empfindungen halfen mir, Abstand zu wahren. Dennoch sorgte ich mich weiter um Ericas Wohlergehen – und verharrte auch in einer gewissen, wahrscheinlich irrationalen *Hoffnung* –, weshalb die ständige Aufgabe, mich jeglicher Kommunikation zu enthalten, dem Kampf eines Mannes ähnelte, der versucht, sich von einer Sucht zu befreien.

Vielleicht lag es ja an meinem Gemütszustand, aber es schien mir, dass sich zu jener Zeit auch Amerika zunehmend einer gefährlichen Nostalgie ergab. Die Fahnen und Uniformen, die Generäle, die in Kommandozentralen in Kameras sprachen, die Schlagzeilen der Zeitungen mit Begriffen wie *Pflicht* und *Ehre*, das alles hatte etwas unbestreitbar Rückwärtsgewandtes. Ich hatte Amerika immer als eine Nation gesehen, die nach vorn schaute; zum ersten Mal fiel mir nun seine Entschlossenheit auf, *zurück*zuschauen. Das Leben in New York war auf einmal wie in einem Film über den Zweiten Weltkrieg; ich als Ausländer blickte nun auf ein Set, das nicht in Technicolor, sondern in einem grobkörnigen Schwarzweiß betrachtet werden sollte. Wonach sich Ihre Landsleute sehnten, war mir nicht ganz klar – nach einer Zeit unbestrittener Herrschaft? Der Sicherheit? Moralischer Gewissheit? Ich wusste es nicht –, aber dass sie sich danach drängten, die Kostüme einer anderen Ära anzulegen, war offensichtlich. Ich kam mir wie ein Verräter vor, weil ich mich fragte, ob diese Ära fiktiv war und ob sie – wenn sie denn tatsächlich belebt werden konnte – auch eine Rolle bereithielt, die für einen wie mich geschrieben war.

Aber was ist das? Ah, Ihr ungewöhnliches Telefon, das um Ihre Aufmerksamkeit piepst. Nein, Sir, es macht mir nicht das Mindeste aus; tippen Sie ruhig Ihre Antwort. Mir fällt auf, dass Sie mit der Präzision einer alten Kirchenglocke kontaktiert werden, womit ich meine, immer genau zur vollen Stunde – kontrolliert Sie etwa Ihre Firma? Nein, nein, Sie brauchen nichts zu erwidern. Nun, da Ihre Antwort abgeschickt ist, wollen Sie nicht einen Blick auf den Grill werfen, auf den gerade eben unsere entbeinten Hühnerteile zum Rösten gelegt werden? Sehen Sie nur die Funken, wie sie zornig und rot von der Kohle stieben, wenn unser Koch die Flamme anfacht. Ist doch schön anzusehen, oder? Und gleich – *da*, riechen Sie es? – zieht ein Aroma vorüber, bei dem Ihnen bestimmt das Wasser im Mund zusammenläuft.

Ich hatte Ihnen von der Nostalgie erzählt, die sich zu Beginn des letzten Winters, den ich in Ihrem Land verbringen sollte, in meiner Umgebung so stark ausbreitete. Aber ein rühmliches Bollwerk widerstand diesem Eindruck nach wie vor: Underwood Samson, das mich von früh bis spät ausfüllte und – als Einrichtung – überhaupt nicht nostalgisch war. Bei der Arbeit verfolgten wir die Aufgabe, die Zukunft ohne große Rücksicht auf die Vergangenheit zu gestalten, und meine eigene Effektivität wuchs weiterhin in dem Maße, wie ich mich in das Projekt bei der Kabelfirma vertiefte, wobei ich hoffte, die vielen Sorgen, die mich bedrückten, wenn ich meinen Gedanken freien Lauf lassen konnte, dabei hinter mir zu lassen.

Vermutlich war ich beim Streben nach den Fundamentals nie besser als da; ich analysierte Daten, als hinge mein Leben davon ab. Unser Kredo legte den größten Wert auf maximale Produktivität, und ein solches Kredo war für mich doppelt beruhigend, weil es in Zeiten großer Unsicherheit quantifizierbar – und daher *fassbar* – war und weil es von der Möglichkeit eines Fortschritts nach wie vor absolut überzeugt war, während andere sich nach einer Art *klassischer* Periode sehnten, die schon längst vergangen war, wenn es sie überhaupt jemals gegeben hatte. Ich nahm eine Veränderung in meiner Haltung gegenüber den Kollegen wahr, ein größeres Verständnis dafür, was sie veranlasste, sich so total auf ihr Berufsleben zu konzentrieren, und vielleicht lag es daran, dass es eine Zeitlang so aussah, als gehe es mit meiner Beliebtheit im Büro bergauf.

Doch selbst bei Underwood Samson entkam ich der wachsenden Bedeutung des Begriffs *Stamm* nicht vollständig. Einmal, ich ging zu meinem Mietwagen auf dem Parkplatz der Kabelfirma, trat ein mir unbekannter Mann an mich heran. Er machte eine Reihe unverständlicher Geräusche – vielleicht »*achala-malachala*« oder »*chalapal-chalapala*« – und kam mit dem Gesicht erschreckend nahe an meines. Ich drehte ihm meine Seite zu und hob die Hände auf Schulterhöhe, dachte, er sei verrückt oder betrunken oder wolle mich vielleicht ausrauben, weswegen ich mich darauf einstellte, mich zu verteidigen oder zuzuschlagen. In dem Moment erschien ein weiterer Mann, auch er starrte mich finster an, fasste aber seinen Freund am Arm und zog ihn fort, wobei er sagte, es lohne sich nicht. Widerstrebend ließ sich der erste wegführen. »Scheißaraber«, sagte er.

Ich bin natürlich kein Araber. Auch bin ich von Natur aus nicht besonders streitlustig. Doch da pochte mir das Blut in den Schläfen, und ich rief ihm nach: »Sag's mir ins Gesicht, du Feigling, und nicht, während du davonläufst.« Er blieb stehen. Ich schloss den Kofferraum auf und holte einen Schraubenschlüssel heraus; das kalte Metall seines Schafts lag hungrig in meiner Hand, und in dem Augenblick fühlte ich mich vollkommen in der Lage, ihn mit entsprechender Wucht zu schwingen, um meinem Gegenüber den Schädel einzuschlagen. Ein paar mörderische Sekunden lang standen wir starr da, dann wurde mein Widersacher weitergezerrt, und er verschwand, einen Schwall Obszönitäten ausstoßend. Als ich im Wagen saß, zitterten mir die Hände; in den Trikots der verschiedenen Mannschaften, in denen ich gespielt habe, hatte ich durchaus den einen oder anderen Kampf ausgefochten, doch diese Begegnung war von einer Intensität, wie ich sie noch nicht erlebt hatte, und es dauerte einige Minuten, bis ich mich wieder für fahrtauglich hielt.

Wie er aussah, fragen Sie? Nun, Sir, er … hm, wie seltsam! Ich kann mich an keine Besonderheiten des Mannes mehr erinnern, sein Alter oder seine Statur, ehrlich gesagt, kann ich mich überhaupt nicht mehr an viele Einzelheiten der Ereignisse erinnern, von denen ich Ihnen berichtet habe. Aber entscheidend ist ja auch der *Kern* der Sache, denn schließlich erzähle ich Ihnen ja eine Geschichte, und da kommt es, wie Sie mir als Amerikaner beipflichten werden, vor allem auf den Tenor dessen an, was man erzählt, nicht auf Detailgenauigkeit. Dennoch kann ich Ihnen versichern, dass alles, was ich Ihnen bisher erzählt habe, sich im Grunde mehr oder weniger so ereignet hat, wie ich es Ihnen geschildert habe.

Aber wir wollen uns nicht ablenken lassen. Einige Tage nach dem Vorfall auf dem Parkplatz – gegen Ende unseres Projekts bei der Kabelfirma – fuhr ich wieder einmal mit Jim nach Manhattan zurück. Es war spät, und wir waren beide hungrig; als ich ihn absetzte, schlug er vor, uns bei sich zwei Tunfischsteaks zu braten. Seine Wohnung war nicht, wie man hätte erwarten können, in einem jener konservativen Gebäude in der Upper East Side mit livriertem Doorman, sondern in TriBeCa. Es war ein 360 Quadratmeter großes Loft im obersten Stock eines nichtssagenden Gebäudes in der Duane Street. Als ich es nun zum ersten Mal betrat, war ich beeindruckt, wie *modisch* es war, wie viel Wert augenscheinlich auf Design gelegt wurde. Nicht dass es vollgestellt oder gar in irgendeiner Weise feminin gewesen wäre, nein, wenn überhaupt, war es ganz minimalistisch, mit Zementfußböden und Röhren, die sichtbar unter der Decke verliefen. Aber jedes Möbelstück wirkte sorgfältig ausgewählt, entsprechend beleuchtet und aufgestellt, und an den Wänden hingen eindrucksvolle, kraftvolle Kunstwerke, darunter, wie mir auffiel, eine nicht unbeträchtliche Anzahl nackter Männer.

Jim krempelte sich die Ärmel hoch und fragte, während der Fisch brutzelte, was mir auf der Seele liege. Ich saß auf einem Hocker, von ihm getrennt durch die Bar seiner offenen Küche, die auch als Essfläche fungierte. »Nichts weiter«, sagte ich. »Ist Ihre Familie nicht zu Hause?« Sichtlich amüsiert wandte er sich mir zu und sagte: »Ich bin nicht verheiratet.« »Ach, keine Kinder?« »Keine Kinder«, bestätigte er. »Aber Sie weichen meiner Frage aus.« »Wie meinen Sie das?«, fragte ich. »Sie sind in letzter Zeit nicht mehr Sie selbst«, sagte er, »etwas beschäftigt Sie. Etwas nagt an Ihnen. Müsste ich raten, würde ich sagen, es ist Ihre pakistanische Seite. Es bedrückt Sie, was auf der Welt vor sich geht.« »Nein, nein«, sagte ich und schüttelte den Kopf, um jeden Verdacht zu zerstreuen, dass meine Loyalität so geteilt sein könnte. »Zu Hause sind sie ein bisschen beunruhigt, aber das gibt sich wieder.« Er schien nicht überzeugt. »Ist mit Ihrer Familie alles klar?«, fragte er. »Ja«, sagte ich, »danke.« »Na gut«, sagte er, »aber wie ich schon erwähnte, ich weiß, wie es ist, Außenseiter zu sein. Wenn Sie also mal jemanden zum Reden brauchen, sagen Sie Bescheid.«

Ich verließ Jims Wohnung in der Hoffnung, ihn von der Fährte abgelenkt zu haben. Dennoch erschreckte es mich, wie durchschaubar ich offensichtlich war; Jim war ein besonders aufmerksamer Beobachter, aber wenn meine inneren Konflikte für ihn sichtbar waren, dann waren sie es vielleicht auch für andere. Ich hatte von Diskriminierungen gehört, denen Muslime in der Geschäftswelt zunehmend ausgesetzt waren – Geschichten von widerrufenen Stellenangeboten und grundlosen Entlassungen –, und ich wollte meine Stellung bei Underwood Samson nicht gefährden. Zudem wusste ich, dass unsere Firma, wie auch weite Teile unserer Industrie, infolge der Angriffe vom September einen starken Auftragsrückgang zu verzeichnen hatten, und Wainwright hatte mir von einem Gerücht erzählt, dass Personalstreichungen bevorstünden.

Unser Projekt bei der Kabelfirma kam zu einem guten Ende – in dem Sinne, dass wir erhebliche Kostenersparnisse ausmachten und unser Klient über die Gründlichkeit unserer Bewertung erfreut war –, aber am Tag meiner Dezemberprüfung war ich ein nervöser junger Mann. Wie sich herausstellte, hätte ich mir keine Sorgen zu machen brauchen. Zwei der sechs Analysten aus meiner Eingangsklasse – diejenigen an fünfter und sechster Stelle – gehörten tatsächlich zu den Angestellten, die unsere Firma gehen ließ. Ich dagegen war, wie Jim mir mitteilte, wieder die Nummer eins; man verlieh mir sogar eine anteilige Prämie, die nach den Maßstäben unseres Berufsstands zwar nicht üppig, aber angesichts der zu erwartenden mageren Zeiten doch recht großzügig ausgefallen war. Sie befähigte mich, meine ausstehenden Studiendarlehen voll zurückzuzahlen und auch noch ein paar Tausender beiseitezulegen. Ich hätte eigentlich bester Stimmung sein sollen, doch zu Beginn der

Woche hatten Bewaffnete das indische Parlament überfallen, und statt mein Glück zu feiern, war ich damit konfrontiert, dass mein Land möglicherweise bald im Krieg stand.

Meine Mutter sagte, ich solle nicht kommen, mein Vater im Wesentlichen dasselbe. Doch mithilfe eines Tickethändlers in der Seventh Avenue und weil ich mir plötzlich die Business-Plus-Klasse der PIA leisten konnte, flog ich zu genau der Zeit Lahore entgegen, da die New Yorker noch in letzter Minute Geschenke kaufen und man Paare sieht, die sich auf der Straße küssen und dabei hübsche kleine Büsche in ihre Wohnung schleifen, um sie dort als Weihnachtsbaum aufzustellen. Im Flugzeug saß ich neben einem Mann, der sich – sehr zu meinem Missfallen – die Schuhe auszog und, nachdem er im Gang gebetet hatte, sagte, die nukleare Auslöschung werde sich nicht vermeiden lassen, wenn sie Gottes Wille sei, allerdings sei Gottes Wille in dieser Angelegenheit noch unbekannt. Er lächelte mich freundlich an, und ich vermutete, dass er diese Bemerkung machte, um mich zu beruhigen.

Und nun, Sir, ist es Zeit zu essen! Zu Ihrer eigenen Sicherheit würde ich Ihnen vorschlagen, den Joghurt und das gehackte Gemüse da zu meiden. Wie? Nein, ganz und gar nicht, das war nicht böse gemeint, aber es könnte doch sein, dass Ihr Magen ungekochte Speisen nicht verträgt. Wenn Sie darauf bestehen, gehe ich sogar so weit, von jeder einzelnen dieser Platten erst selbst zu kosten, um Ihnen zu versichern, dass Sie nichts zu befürchten haben. Hier. Ein Stück warmes Brot, einfach so – ah, frisch aus dem Tonofen –, und ich fange an.

9

Ob man uns auch Besteck bringt, fragen Sie? Bestimmt lässt sich eine Gabel für Sie finden, Sir, aber erlauben Sie mir den Hinweis, dass jetzt die Zeit gekommen ist, uns die Hände schmutzig zu machen. Schließlich haben wir ja schon einige Stunden zusammen verbracht, da dürfte es eigentlich keinen Grund mehr geben, sich zurückzuhalten. Es liegt eine große Befriedigung darin, die Beute anzufassen, ja, Jahrtausende der Evolution haben dafür gesorgt, dass die Berührung des Essens mit der Haut den Geschmackssinn steigert – und nebenbei auch unseren Appetit! Aber ich sehe schon, dass Sie nicht weiter überredet werden müssen; Ihre Finger zerreißen das Fleisch dieses Kebab mit beachtlicher Entschlossenheit.

Man braucht ein gewisses Anpassungsvermögen, wenn man aus Amerika hierherkommt, man muss sich eine andere *Sichtweise* zulegen. Ich weiß noch, wie amerikanisch selbst mein Blick bei meiner Rückkehr nach Lahore in jenem Winter war, als sich der Krieg abzeichnete. Ich fand es bedrückend, wie schäbig unsere Häuser waren: Risse liefen durch die Decke, trockene Farbenblasen blätterten ab, wo Feuchtigkeit in die Wände gesickert war. An jenem Nachmittag war der Strom ausgefallen, was der Stadt etwas Düsteres verlieh, aber selbst in dem trüben Licht der zischenden Gasöfen wirkte unser Mobiliar veraltet und als müsste es dringend aufgepolstert und repariert werden. Es machte mich traurig, das Haus in einem solchen Zustand anzutreffen – nein, mehr als traurig, ich schämte mich. *Von dort* kam ich also, das war meine Herkunft, und sie roch nach Ärmlichkeit.

Doch als ich mich wieder akklimatisiert hatte und meine Umgebung mir wieder vertraut wurde, erkannte ich, dass das Haus sich während meiner Abwesenheit gar nicht verändert hatte. *Ich* hatte mich verändert; ich sah mich mit den Augen eines Fremden um, nicht irgendeines Fremden, sondern jenes besonderen Typus des anmaßenden, unsympathischen Amerikaners, über den ich mich so ärgern konnte, wenn ich ihm in den Seminarräumen und an den Arbeitsplätzen der Elite Ihres Landes begegnete. Diese Erkenntnis machte mich zornig; und als ich so auf mein Abbild in meinem fleckigen Badezimmerspiegel starrte, beschloss ich, die unwillkommene Empfindlichkeit, die von mir Besitz ergriffen hatte, zu exorzieren.

Erst danach sah ich mein Haus wieder, wie es tatsächlich war, konnte seine beständige Vornehmheit schätzen, seine unverwechselbare Persönlichkeit, seinen idiosynkratischen Charme. Mughal-Miniaturen und alte Teppiche zierten seine Wohnräume, an die Veranda grenzte eine hervorragende Bibliothek. Es war keineswegs ärmlich, es war vielmehr überaus geschichtsträchtig. Ich fragte mich, wie ich nur so kleinlich – und so blind – gewesen sein konnte, je anders darüber gedacht zu haben, und es verstörte mich, was das über mich selbst verriet: dass ich einer war, dem es an Substanz mangelte und der sich daher schon durch einen kurzen Aufenthalt in der Gesellschaft anderer so leicht beeinflussen ließ.

Doch weit bedeutsamer als diese nach innen gerichteten Grübeleien war die äußere Wirklichkeit – die Bedrohung meines Zuhauses. Mein Bruder hatte mich vom Flughafen abgeholt; er umarmte mich so kräftig, dass er mir beinahe den Brustkorb eindrückte. Beim Fahren wuschelte er mir durch die Haare. Plötzlich kam ich mir ganz jung vor – vielleicht wurde ich mir auch nur meines tatsächlichen Alters bewusst: ich war eher ein kindlicher Zweiundzwanzigjähriger als von jenem beständig mittleren Alter, das sich dem Mann anheftet, der allein lebt und dadurch Bestätigung erfährt, dass er in einer Stadt, in der er nicht geboren ist, einen Anzug trägt. Es war einige Zeit her gewesen, seit ich so entspannt, so vertraut angefasst worden war, und ich lächelte. »Wie geht's euch?«, fragte ich ihn. Er zuckte die Achseln. »Im Landhaus eines Freundes, eine halbe Stunde von hier, hat eine Artilleriebatterie Stellung bezogen, und in seinem Gästezimmer hat sich ein Oberst einquartiert«, antwortete er, »also nicht so gut.«

Meinen Eltern schienen wohlauf, sie waren gebrechlicher geworden, seit ich sie zuletzt gesehen hatte, aber in ihrem Alter war das nach einem Jahr nicht anders zu erwarten. Meine

Mutter strich mir mit einem Hundert-Rupien-Schein um den Kopf, um meine Rückkehr zu segnen; später ging er als Spende an die Wohlfahrt. Die Augen meines Vaters glänzten feucht und braun. »Kontaktlinsen«, sagte er und tupfte sie mit einem Taschentuch ab. »Ganz schick, wie?« Ich sagte, sie stünden ihm gut, und so war es auch; er hatte seine Brille erst spät im Leben bekommen, und sie hatte die Kraft seines Gesichts verborgen. Weder er noch meine Mutter wollten über die Möglichkeit eines Krieges sprechen; sie wollten mich unbedingt füttern und von meinem Leben in New York und meinen Fortschritten bei der Arbeit in allen Einzelheiten hören. Es war eigenartig, hier von dieser Welt zu sprechen, so wie es eigenartig wäre, in einer Moschee zu singen; was an einem Ort natürlich ist, kann an einem anderen unnatürlich sein, und manche Konzepte sind nur schwer übertragbar, wenn überhaupt. Beispielsweise vermied ich jede Erwähnung von Erica wie auch von allem, was sie beunruhigen konnte.

Doch an jenem Abend wurde mir zu Ehren ein Familienbankett abgehalten, und da war der Konflikt mit Indien das beherrschende Thema. Es gab unterschiedliche Meinungen darüber, ob die Männer, die das indische Parlament überfallen hatten, etwas mit Pakistan zu tun hatten, doch war man sich einig darin, dass Indien alles unternehmen werde, uns zu schaden, und dass die Amerikaner trotz der Unterstützung, die wir ihnen in Afghanistan gewährt hatten, nicht an unserer Seite kämpfen würden. Schon mache die indische Armee mobil, und Pakistan habe auch bereits reagiert: Lastwagenkonvois mit

Nachschub für unsere Grenztruppen führen durch die Stadt, wie man mir sagte; beim Essen hörten wir Militärhubschrauber dicht über uns hinwegfliegen; es ging das Gerücht, bald werde der Verkehr auf der Autobahn gestoppt, damit unsere Kampfflugzeuge die Landung darauf üben könnten, falls alle unsere Flugplätze bei einem atomaren Schlagabtausch zerstört würden.

Die Vorstellung, in Pendlerentfernung zu einer Million feindlicher Truppen zu wohnen, die jeden Moment eine groß angelegte Invasion beginnen könnten, mag Ihnen seltsam erscheinen, da Sie aus einem Land kommen, das seit Menschengedenken keinen Krieg mehr auf eigenem Boden hatte, von gelegentlichen hinterhältigen Angriffen oder terroristischen Gräueln einmal abgesehen. Mein Bruder reinigte seine Flinte. Ein Onkel bunkerte Wasserflaschen und Dosennahrung. Unser Teilzeitgärtner wurde zur Reserve eingezogen. Aber sonst schienen die Menschen weitgehend ihrem normalen Leben nachzugehen; Lahore war die letzte Großstadt in einem durchgehenden Streifen muslimischer Länder, der im Westen bis Marokko reichte, und zeigte daher jene latente Kraftmeierei, wie sie Frontstädten eigen ist.

Doch ich war besorgt. Ich fühlte mich machtlos; ich war wütend auf unsere Schwäche, darauf, dass wir von unserem – zugegebenermaßen viel größeren – Nachbarn im Osten so leicht einzuschüchtern waren. Ja, wir hatten Nuklearwaffen, ja, unsere Soldaten würden nicht weichen, aber dennoch wurden wir bedroht, und mir blieb nichts anderes, als im Bett zu liegen, aber schlafen konnte ich nicht. Ich würde sogar bald wieder fort sein und meine Familie und mein Zuhause zurücklassen, und das machte mich in meinen Augen zu einer Art Feigling, einem Verräter. Was ist das für ein Mann, der seine Leute in einer solchen Lage im Stich lässt? Und wofür ließ ich sie im Stich? Für einen gut bezahlten Job und eine Frau, nach der ich mich sehnte, die mich aber nicht einmal sehen wollte? Immer wieder rang ich mit diesen Fragen.

Als es Zeit wurde, nach New York zurückzukehren, sagte ich zu meinen Eltern, ich würde länger bleiben, aber die wollten nichts davon hören. Vielleicht spürten sie, dass ich selbst gespalten war, dass etwas mich nach Amerika zurückrief, vielleicht wollten sie auch einfach nur ihren Sohn schützen. »Und rasier dich, bevor du gehst«, sagte meine Mutter. »Warum?«, fragte ich und zeigte auf meinen Vater und meinen Bruder, »die haben doch auch einen Bart.« »Die«, entgegnete sie, »haben nur einen, weil sie von der Tatsache ablenken wollen, dass sie eine Glatze haben. Außerdem bist du noch ein Junge.« Sie strich mit den Fingern über meinen Flaum und setzte hinzu: »Damit siehst du aus wie eine Maus.«

Auf dem Flug fiel mir auf, wie viele meiner Mitreisenden in meinem Alter waren: Studenten und junge Männer mit gehobenen Berufen, die nach den Ferien zurückflogen. Das empfand ich als Ironie; vor drohenden Schlachten sollten Kinder und Ältere fortgeschickt werden, hier aber gingen die Stärksten und Klügsten, diejenigen, die früher am ehesten hätten bleiben sollen. Verachtung mir selbst gegenüber erfüllte mich, so sehr, dass ich mich nicht zu Gesprächen oder zum Essen überwinden konnte. Ich schloss die Augen und wartete, und die Stunden enthoben mich sogar der Verantwortung zu fliehen.

Die Beklemmungen, die einem bewaffneten Konflikt vorausgehen, sind Ihnen nicht unbekannt, sagen Sie? Aha! Dann haben Sie also gedient, Sir, ganz wie ich vermutet hatte! Finden Sie nicht auch, dass das Warten darauf, was geschehen wird, das Schwierigste von allem ist? Ja, natürlich, nicht so schwierig wie die Zeit des Gemetzels selbst – so, Sir, spricht der wahre Soldat. Aber warum hören Sie denn auf zu essen, warten Sie vielleicht auf frisches Brot? Hier, nehmen Sie die Hälfte von meinem. Nein, ich bestehe darauf; der Kellner bringt uns gleich mehr.

Bei Ihrer Vorgeschichte haben Sie bestimmt schon das eigentümliche Phänomen erlebt, aus einer Umgebung, in der die Aussicht auf ein gewaltiges Blutvergießen sehr real ist, in eine mehr oder weniger friedliche zurückzukehren. Das ist ein merkwürdiger Übergang. Meine Kollegen nahmen meine Rückkehr in die Firma mit erheblicher – wenn auch häufig etwas unterdrückter – Bestürzung auf. Denn trotz der Bitte meiner Mutter und obwohl ich um die Schwierigkeiten wusste, die ich damit bei der Einreise voraussichtlich haben würde, hatte ich meinen zwei Wochen alten Bart nicht abrasiert. Vielleicht war es für mich eine Form des Protests, ein Symbol meiner Identität, vielleicht wollte ich damit aber auch die Wirklichkeit, die ich gerade zurückgelassen hatte, in Erinnerung behalten; meine genauen Beweggründe sind mir entfallen. Ich wusste nur, dass ich mich nicht der Armee glatt rasierter junger Männer, die meine Mitarbeiter darstellten, anpassen wollte und dass ich im Innern aus einer Vielzahl von Gründen zutiefst zornig war.

Es ist beachtlich, was für eine Wirkung ein Bart angesichts seiner physischen Belanglosigkeit – schließlich ist er ja nur eine Haartracht – bei einem Mann meiner Hautfarbe auf Ihre Landsleute hat. Mehr als einmal wurde ich in der U-Bahn, wo ich immer das Gefühl gehabt hatte, mich nahtlos einzufügen, von wildfremden Menschen wüst beschimpft, und bei Underwood Samson war ich offenbar über Nacht zum Gegenstand von Getuschel und Blicken geworden. Wainwright wollte mir einen freundlichen Rat geben. »Hör mal«, sagte er, »ich weiß nicht, was es mit deinem Bart auf sich hat, aber ich glaube nicht, dass er dich hier zu Mister Sunshine macht.« »Wo ich herkomme, ist das normal«, antwortete ich. »Wo ich herkomme, ist Jerk Chicken normal«, entgegnete er, »aber ich geh damit nicht hausieren. Du musst vorsichtig sein. Dieser ganze Lack aus Firma und Kollegialität ist nur dünn. Glaub mir.«

Ich war dankbar für die Besorgnis meines Kollegen, nahm seinen Rat aber nicht an. Trotz der Entlassungen blieb die Auslastungsquote unserer Firma im Januar niedrig, und ich saß fast beschäftigungslos an meinem Schreibtisch. Ich verbrachte diese Zeit online und las über die fortschreitende Verschlechterung der Beziehungen zwischen Indien und Pakistan, studierte Expertenurteile über die militärische Kräfteverteilung in der Region, anzunehmende Kampfszenarien und auch über die negativen Auswirkungen, die die Konfrontation schon auf die Wirtschaft beider Nationen hatte. Ich fragte mich, wie es kam, dass Amerika solche Verheerungen auf der Welt anrichten konnte – beispielsweise in Afghanistan einen ganzen Krieg zu inszenieren und durch sein Handeln die Invasion schwächerer Staaten durch stärkere, wie Indien es nun mit Pakistan vorhatte, zu legitimieren – und im eigenen Land so wenig davon zu spüren war.

Auch rief ich schließlich Erica an, nachdem ich mich sechs Wochen lang bemüht hatte, nicht mit ihr Kontakt aufzunehmen, und da ihr Telefon ständig tot war, schickte ich ihr eine Mail. Ich würde gern sagen können, dass meine Nachricht kurz war, ein höfliches Hallo, das ihre Bitte um Schweigen weitgehend respektierte, aber in Wahrheit hatte ich stundenlang daran gesessen, und es war vielleicht die längste, die ich je geschrieben habe. Ich erzählte ihr darin, was in meinem Leben geschehen war, bei der Arbeit wie auch zu Hause, und von dem Durcheinander, das ich durchlief, auch schrieb ich ihr, wie sehr ich sie vermisste und dass ich nicht verstand, wohin und warum sie gegangen war. Nach ein paar Tagen kam ihre Antwort. »Ich bin in einer Art Klinik«, schrieb sie, »einer Einrichtung, wo Leute sich erholen können. Ich denke auch an dich.« Sie lud mich ein, sie zu besuchen, es fiele ihr leichter, meine Fragen im persönlichen Gespräch zu beantworten.

Die Klinik lag eine Nachmittagsfahrt weit außerhalb der Stadt, eine umgebaute Villa auf zwanzig Hektar abgelegener

Landschaft mit Blick über den Hudson River. Am Empfang begrüßte mich eine Krankenschwester. »Sie sind bestimmt Changez«, sagte sie. »Erica hat mir viel von Ihnen erzählt.« »Das bin ich«, sagte ich. »Woher haben Sie das gewusst?« »Wimpern wie in einer Maybelline-Anzeige«, antwortete sie. »Das hat sie gesagt.« Während ich über diese unglaubliche Beschreibung nachdachte, erklärte mir die Krankenschwester, Erica habe auf mich gewartet, sei dann aber ein wenig nervös geworden und spazieren gegangen und habe sie gebeten, mir an ihrer Stelle einige Dinge zu erklären. »Dann will sie mich also nicht sehen?«, fragte ich. Die Krankenschwester lächelte. »O doch«, sagte sie, »aber manchmal ist es den Leuten peinlich, wenn sie in so ein Haus kommen. Sie glaubt, es würde für Sie beide weniger unangenehm, wenn ich zuerst mit Ihnen rede.« Sie tätschelte mir die Hand. Dann fügte sie hinzu: »Ich bin wie die Dusche, unter die man geht, bevor man ins Becken springt.«

Was ich bei Erica begreifen müsse, sagte mir die Schwester, sei, dass sie einen anderen liebe. Sie wisse, es sei hart für mich, das zu hören, aber es müsse nun mal sein. Es spiele dabei keine Rolle, dass der Mensch, den Erica liebe, das sei, was die Schwester oder ich verstorben nennen würden; für Erica sei er noch hinreichend lebendig, und das sei das Problem: Es sei für Erica schwierig, in der Welt draußen zu sein und so wie die Schwester oder ich zu leben, wenn sich bei ihr im Kopf Dinge abspielten, die stärker und bedeutsamer seien als die, die sie mit uns anderen erleben könne. Daher gehe es Erica in einem solchen Haus besser, wo sie von uns anderen getrennt sei, wo man in seinem eigenen Kopf leben könne, ohne dabei ein schlechtes Gewissen zu haben. »Aber irgendwann wird sie doch hier wieder wegmüssen«, sagte ich. »Vielleicht will sie dann ja mit mir zusammen sein.« Die Schwester schüttelte den Kopf. »Vielleicht«, sagte sie. »Aber im Augenblick sind Sie derjenige, dem zu begegnen ihr am schwersten fällt. Weil Sie der Realste sind und Sie sie aus dem Gleichgewicht bringen.«

Die Schwester meinte, ich würde Erica wahrscheinlich am Ende eines Weges finden, der sich durch das bewaldete Areal wand, in einem Wäldchen auf einem Hügel. Da war sie denn auch; sie saß auf einer Bank aus grob gehauenen Balken. Sie trug eine schwere Jacke und wandte sich um, als ich mich ihr näherte; sie war hager, und das Fleisch wirkte da, wo es sich über ihre Gesichtsknochen spannte, fast wie geprellt, und sie glühte von etwas, was der Inbrunst von *Eiferern* nicht unähnlich war. Sie streckte mir ihre Hand entgegen, doch statt sie zu schütteln, küsste ich sie; meine Lippen berührten die synthetischen Polymere ihres Winterhandschuhs. Sie lächelte. »Du siehst gut aus«, sagte sie, »dein Bart bringt deine Augen zur Geltung.« Sie sah aus wie jemand, der im Begriff war, den Fastenmonat zu beenden, und von Gebeten und der Lektüre der Heiligen Schrift zu sehr in Anspruch genommen war, um dem Abendessen genügend Aufmerksamkeit zu widmen, aber das sagte ich nicht.

Sie bot mir ihren Arm an, und leise redend schlenderten wir dahin; der Nebel unseres Atems ging uns voraus. »Das hier tut

mir im Augenblick sehr gut«, sagte sie. »Hier bin ich ruhig.«
»So wirkst du auch«, sagte ich und widerstand dem Drang hinzuzufügen, *zu* ruhig. »Tut mir leid, dass ich mich verkrochen habe«, sagte sie. »Es ist nicht so, dass ich dich nicht sehen wollte. Ich habe nur einfach gemerkt, dass ich dich da in etwas hineinziehe, und ich wollte nicht, dass du leidest. Ich dachte, so wäre es für dich besser.« »Warum sollte ich denn leiden?«, fragte ich. »Es tut weh, wenn man jemanden mag und der dann weggeht«, antwortete sie. »Aber wohin gehst du denn?«, fragte ich. Sie zuckte die Achseln und antwortete nicht.

Wir gingen schweigend weiter; bis auf das Knirschen des Schnees unter unseren Füßen war alles still; meine Ohren schmerzten zunehmend von der Kälte. »Schreibst du hier?«, fragte ich. »Nein«, sagte sie, »nicht in dem Sinn, dass ich etwas zu Papier bringe. Aber ich denke viel nach. Ich stelle mir Sachen vor.« »Und komme ich manchmal in deinen Vorstellungen vor?«, fragte ich. »Manchmal«, sagte sie und lächelte. »Abartige Sexfantasien«, sagte ich, »mit einem exotischen Fremden, der gern Rollenspiele macht?« Sie lachte und drückte mir den Arm; zum ersten Mal wurde ihr Gesicht weich, beinahe verletzlich. Doch dann zog sie sich wieder in sich zurück. »Du hast mir geholfen«, sagte sie. »Du warst freundlich und wahrhaftig, und dafür bin ich dir dankbar.«

Was mich am meisten an ihrer Erklärung bestürzte, war die Bestimmtheit, mit der sie mich in die Vergangenheitsform setzte. Ich spürte, wie die Hoffnung in mir erlosch. Zwar sagte ich noch: »Sei nicht dankbar, sei lustvoll – komm mit mir zurück nach New York«, aber ohne jene innere Überzeugung, die Worten Macht verleiht; sie lehnte flüchtig den Kopf an meine Schulter, sah sich aber zu keiner Antwort veranlasst. Auf unserem Rückweg zum Hauptgebäude betrachtete ich sie aus den Augenwinkeln und überlegte, wie viel von ihrem distanzierten und scheinbar asketischen Zustand eine Folge der Medikamente war, die sie nahm. Einen Augenblick lang packte mich die wilde Vorstellung, sie zu entführen und in meinem Mietwagen mitzunehmen, da meine Zuwendung sie gewiss mit mehr Erfolg in die Wirklichkeit zurückholen würde als die Chemikalien, denen sie sich aussetzte. Doch die Absurdität einer solchen Tat – und die Respektlosigkeit ihr gegenüber – wurden mir sogleich klar, und ich tat nichts Derartiges.

»Fährst du Ski?«, fragte sie mich. »Nein«, sagte ich, »das habe ich nie gemacht.« »Chris und ich«, sagte sie, »waren jeden Winter Ski fahren – meistens in Colorado, manchmal auch in Vermont. Als Kinder haben wir hin und wieder sogar auch ein bisschen Langlauf im Central Park gemacht. Wir bekamen jeder ein Paar Ski geschenkt und sind dann losgezogen, ohne jemandem etwas zu sagen. Natürlich kriegten wir Schwierigkeiten. Unsere Eltern riefen die Polizei. Trotzdem hat es Spaß gemacht. Diese Gegend hier erinnert mich jedenfalls daran. Besonders der Schnee auf dem Hang da. Er ist so sanft und wirkt so weich. Solltest du mal machen.« Wir hatten den Kies der Zufahrt erreicht. »Nimm mich doch mal mit«, sagte ich. Sie schüttelte den Kopf. »Ich kann nicht«, sagte sie, »aber geh trotzdem. Versuch, glücklich zu sein, ja? Das alles tut mir so leid. Bitte pass auf dich auf.«

Sie umarmte mich, dann stand sie da und schaute mich an. Aber er ist doch *tot!*, wollte ich schreien. Ich konnte mich gerade noch zurückhalten, sie nicht zu küssen; vielleicht hätte ich es tun sollen. Ich musste mich entscheiden, ob ich weiterhin versuchen sollte, sie für mich zu gewinnen, oder ihren Wunsch akzeptieren und gehen, und schließlich wählte ich Letzteres. Vielleicht, sagte ich mir, als ich davonfuhr, war das ja ein Test, und ich bin durchgefallen, vielleicht hätte ich es riskieren sollen. Fast wäre ich umgekehrt und zurückgefahren, aber dann tat ich es doch nicht. Alles hätte sich ganz anders entwickeln können, wenn ich kehrtgemacht hätte, aber es hätte auch ganz genauso kommen können.

Danach gab ich im Büro eine klägliche Figur ab, war wütend und mit meinen Gedanken bei Erica und zu Hause. Ich vernachlässigte meine Verwaltungstätigkeiten und unternahm rein gar nichts, um mir eine neue Aufgabe zu suchen. Fast erwartete ich, dass jemand mit einem blauen Brief zu meinem Schreibtisch kam und mich aus meinem Elend erlöste. Stattdessen rief Jim mich zu sich, um mir einen überraschenden Beweis seiner Anerkennung zu liefern. »Hören Sie, junger Mann«, sagte er, »hier finden manche, dass Sie ein bisschen abgerissen herumlaufen. Der Bart und so. Mir ist das, ehrlich gesagt, scheißegal. Was zählt, ist Ihre Performance, und in Ihrer Klasse sind Sie bei weitem der beste Berater. Außerdem weiß ich, dass es hart für Sie sein muss, was da gerade in Pakistan abgeht. Sie brauchen Beschäftigung, was zugegebenermaßen nicht einfach ist, wenn wir so eine Flaute haben wie jetzt. Aber ich habe ein neues Projekt, die Bewertung eines Buchverlags in Valparaiso, Chile. Es wird ein kleines Team sein müssen, nur ein Vizepräsident und ein Berater. Normalerweise würde ich es einem mit mehr Erfahrung anbieten. Aber ich biete es Ihnen an. Was halten Sie davon?« »Vielen Dank, Sir«, murmelte ich. Er lachte. »Ein bisschen mehr Begeisterung, bitte«, sagte er. »Das bedeutet eine Menge Verantwortung. Sie werden ganz auf sich allein gestellt sein.« »Sie können sich auf mich verlassen«, sagte ich, diesmal mit, wie ich hoffte, deutlich mehr Nachdruck. Ich weiß jedoch nicht, ob es mir gelang, denn Jim lächelte zwar, wirkte aber doch etwas verwirrt.

Aber Sie haben ja aufgehört zu essen, Sir. Kann es denn sein, dass Sie schon satt sind? Nun gut, ich will Sie nicht drängen, dennoch möchte ich uns gern einen Nachtisch bestellen, ein wenig Milchreis mit Mandelsplittern und Kardamom, die ideale Süße für einen Abend wie den unseren, der nun eher bitter zu werden droht. Solche Gerichte sind normalerweise vielleicht nicht ganz nach Ihrem Geschmack, aber ich möchte Sie ermutigen, wenigstens ein Häppchen davon zu kosten. Man liest ja auch, dass die Soldaten Ihres Landes mit Schokolade in ihren Tagesrationen in die Schlacht geschickt werden, daher dürfte Ihnen die Aussicht, sich noch vor der blutigsten Aufgabe die Zunge zu verzuckern, nicht ganz fremd sein.

10

Wenn Sie so dasitzen, Sir, den Arm um die Lehne des leeren Stuhls neben sich gelegt, beult sich der leichte Stoff Ihres Anzugs ein bisschen, und zwar auf Höhe des Brustbeins, genau an der Stelle, wo die Sicherheitsbeamten unseres Landes – ja, und wahrscheinlich auch die aller anderen Länder – gern das Achselholster für ihre Seitenwaffe tragen. Nein, nein, wegen mir brauchen Sie sich doch nicht anders hinzusetzen! Ich wollte Ihnen keinesfalls unterstellen, dass Sie damit ausgerüstet sind; gewiss ist es in Ihrem Fall lediglich der Umriss einer jener Reisebrieftaschen, in denen man als umsichtiger Mensch seine Wertsachen verstaut, damit sie weniger leicht von Dieben entdeckt werden.

Ich habe solche Vorsichtsmaßnahmen auf meiner Reise nach Chile ebenfalls getroffen. Wir flogen damals wieder in der relativen Annehmlichkeit der First Class, doch der Luxus unserer Kabine begeisterte mich nicht mehr; anders als Jim, der uns wie üblich zum Beginn des Projekts begleitete, und der Vizepräsident, der während der ganzen Dauer dieser Tour mein unmittelbarer Vorgesetzter sein sollte, lehnte ich die zahlreichen Champagnerangebote unserer Flugbegleiterin ab. Während der vielen Stunden, die wir in der Luft waren, konnte ich weder essen noch schlafen; ich war in Gedanken ganz bei den Angelegenheiten anderer Kontinente als dem, der gerade unter uns lag, und mehr als einmal bedauerte ich, überhaupt mitgeflogen zu sein.

Ich überlegte, was ich tun konnte, um Erica zu helfen. Sie so zu sehen wie beim letzten Mal – abgezehrt, distanziert und derart ohne *Leben* – tat mir weh; ich musste dabei an den Hund denken, den wir hatten, als ich klein war, an seine Passivität und sein Verlangen nach Einsamkeit in jenen letzten Tagen, bevor er der Leukämie erlag, die er von einem Zeckenpulver bekommen hatte, das wir, wie uns später ein Tierarzt sagte, niemals hätten anwenden sollen. Doch Erica hatte keine Leukämie, es gab keinen physischen Grund für ihr Leiden, außer vielleicht einer biochemischen Disposition zu derartigen Nervenstörungen. Nein, es war eine Krankheit des Geistes, und ich war in einer Umgebung groß geworden, die zu stark von einer Tradition gemeinsamer mystischer Rituale erfüllt war, um zu akzeptieren, dass ein Geisteszustand nicht von der Fürsorge, der Zuneigung und dem Begehren anderer beeinflusst werden konnte. Wesentlich für mich war der Versuch zu verstehen, warum ich die Membran, mit der sie ihre Psyche schützte, nicht hatte durchdringen können; meine direkteren Versuche, mich ihr zu nähern, waren zurückgewiesen worden, doch mit genügend Einsicht mochte ich vielleicht doch noch durch einen Osmoseprozess aufgenommen werden. Ich konnte mir keine andere Möglichkeit vorstellen, als es zu versuchen; trotz der Monate unserer nahezu vollkommenen Trennung war meine Sehnsucht nach ihr ungebrochen.

In einer solchen Geistesverfassung traf ich in Santiago ein. Von dort reisten wir auf der Straße weiter – kamen gut voran bis auf einen kleinen Stau, wo die Schaufelbagger von Ausbesserungstrupps große Happen jener roten Erde aushoben, die Chiles *Valle Central* kennzeichnet –, und wir rochen unseren Zielort, noch bevor wir ihn sahen; Valparaiso lag am salzigen Pazifik und war von einer Hügelkette unserem Blick verborgen.

Der Leiter des Verlages war ein alter Mann namens Juan-Bautista, der filterlose Zigaretten rauchte und eine Brille trug, deren Gläser dick genug waren, um an einem sonnigen Tag Löcher in Papier zu brennen. Er erinnerte mich an meinen Großvater mütterlicherseits; ich mochte ihn sofort. »Was wissen Sie über Bücher?«, fragte er uns. »Ich bin auf die Medienindustrie spezialisiert«, antwortete Jim, »ich habe im Laufe von zwanzig Jahren ein Dutzend Verlage bewertet.« »Das ist Finanzkram«, entgegnete Juan-Bautista. »Ich habe gefragt, was Sie über Bücher wissen.« »Der Onkel meines Vaters war Dichter«, hörte ich mich sagen. »Er war im ganzen Punjab bekannt. In meiner Familie werden Bücher geliebt.« Juan-Bautista sah mich an, als sei er sich dieses Jungspunds vor ihm gerade eben erst bewusst geworden; für den Rest der Besprechung hielt ich den Mund.

Jim erklärte uns hinterher, dass Juan-Bautista über unsere Anwesenheit nicht eben erfreut sei. Obwohl er den Verlag viele Jahre lang geleitet habe, sei er nicht der Besitzer; die Besitzer wollten ihn verkaufen, und der voraussichtliche Käufer – unser Klient – hatte wohl nicht vor, die Sparte, die rote Zahlen schrieb, mit den Einkünften der profitablen Schul- und Fachbuchzweige zu subventionieren. Die Sparte mit ihrem Stall literarischer Autoren – als wirtschaftlich praktisch nicht lebensfähig definiert – war für den Rest des Unternehmens eine Belastung; unsere Aufgabe war es, den Wert des Vermögens herauszufinden, wenn diese Erfolgsbremse aufgegeben würde.

Wir richteten uns in einem hübschen, wenngleich altertümlichen, regalgesäumten Konferenzraum mit einem großen ovalen Tisch ein. Bei kräftigem Wind klapperten vor unseren Fenstern die Läden gegen die Riegel. Nachmittags war es heiß – wir waren in den südlichen Sommer gekommen –, aber manchmal war es morgens neblig und kühl, und dann war ich froh, dass mein Anzug aus Wolle war. Nach zwei Tagen flog Jim zurück und sagte in meinem Beisein noch zu dem Vizepräsidenten, er könne eindrucksvolle Dinge von mir erwarten. Aber obwohl mein Laptop aufgeklappt war, meine Internetverbindung stand, Füller und Notizbuch bereitlagen, sah ich mich außerstande, mich auf unsere Arbeit zu konzentrieren.

Stattdessen las ich neue Websites, die mir mitteilten, dass

Pakistan und Indien mit ihren jeweiligen Raketengeschossen einen Probewettstreit veranstalteten und ein Strom ausländischer Würdenträger in die Hauptstädte beider Länder reiste, um Delhi zu mahnen, von seiner Kriegsrhetorik Abstand zu nehmen, und Islamabad zu Konzessionen zu drängen, die einen Rückzug von der Schwelle zur Katastrophe ermöglichten. Ich fragte mich, Sir, welche Rolle Ihr Land in alldem spielte: Da in Pakistan zur Durchführung des afghanischen Feldzugs schon amerikanische Basen eingerichtet waren, brauchte Amerika Indien doch sicher nur mitzuteilen, dass ein Angriff auf Pakistan als Angriff auf einen amerikanischen Verbündeten angesehen und mit der geballten Macht des amerikanischen Militärs beantwortet werden würde. Doch Ihr Land tat nichts dergleichen, vielmehr wahrte Amerika strikte Neutralität zwischen den beiden potenziellen Kombattanten, eine Haltung, die natürlich den größeren und – zu dem Zeitpunkt in der Geschichte – aggressiveren begünstigte.

Solche Gedanken beschäftigten mich, wo ich doch Daten sammeln und mein Finanzmodell hätte erstellen sollen. Zudem erwies sich Valparaiso selbst als Ablenkung: Die Stadt hatte eine ungeheure Atmosphäre, über ihren Boulevards und Hügeln lag eine gewisse Melancholie. Ich las online über ihre Geschichte und entdeckte, dass sie schon seit über einem Jahrhundert im Niedergang begriffen war; einst ein großer Hafen, umkämpft von Rivalen wegen seiner Bedeutung als letzter Anlaufpunkt für Schiffe, die vom Pazifik in den Atlantik fuhren, war er vom Panamakanal in eine Randlage verbannt

worden. Das alles – Valparaisos ehemaliges Streben nach Größe – erinnerte mich an Lahore und an eine Redensart, die in
unserer Sprache so beziehungsreich ist: *Die Ruinen künden
von der einstigen Schönheit des Gebäudes.*

Ich spürte, dass der Vizepräsident zunehmend unmutig
wurde, und ich konnte es ihm kaum verdenken: Der Ärmste
arbeitete von morgens bis Mitternacht, und von seinem einzigen Mitarbeiter bekam er kaum Unterstützung. Ich tat, als
wäre ich schwer beschäftigt, doch die Tage vergingen und
meine Termine wurden knapp, und schließlich verlor er die
Geduld. »Hören Sie«, sagte er, »was ist los mit Ihnen? Sie kriegen nichts auf die Reihe. Sie sollen angeblich gut sein, aber
soweit ich sehe, bringen Sie gar nichts. Sagen Sie mir, was Sie
brauchen. Brauchen Sie Hilfe bei Ihrem Modell, mehr Anlei-
tung? Sagen Sie's mir, und Sie kriegen es, aber kommen Sie
um Gottes willen in die Hufe.« Er hatte als Manager einen
hervorragenden Ruf, und ich hatte mir auch überlegt, ob ich
ihm das Durcheinander, das in mir herrschte, enthüllen sollte,
doch auf der menschlichen Ebene war unsere Verbindung
gleich null. Also entschuldigte ich mich, sagte, sein Feedback
habe es genau getroffen, aber er müsse sich keine Sorgen machen, denn ich wolle von nun an mit doppelter Kraft arbeiten.
»Alles«, sagte ich, wobei ich einen Ton maximaler Beruhigung
aufbot, »ist unter Kontrolle.«

Eine Zeitlang schien er sich damit zufriedenzugeben, auch
wenn es die reine Unwahrheit war. Doch ich wusste, dass er
sich nun richtig über mich ärgerte – und das zu Recht: Indem

ich nicht nach Plan arbeitete, ließ ich ihn schlecht dastehen –, und auch ich ärgerte mich zunehmend über ihn. Ich konnte ihn nicht respektieren, wie er, so vollständig eingetaucht in die Strukturen seines beruflichen Mikrouniversums, funktionierte. Ja, auch ich hatte zuvor in den Mahnungen der Firma, mich voll und ganz auf die Arbeit zu konzentrieren, Trost gefunden, nun aber erkannte ich, dass in diesem beständigen Streben nach einer finanziellen Zukunft die wesentlichen persönlichen und politischen Themen, die das emotionale Jetzt eines Menschen berühren, in keiner Weise berücksichtigt wurden. Mit anderen Worten, meine Scheuklappen fielen ab, und die jähe Erweiterung meines Gesichtskreises blendete mich und machte mich handlungsunfähig.

Ich merkte, dass Juan-Bautista mich beobachtete, wie ich halbherzig von einem Meeting zum nächsten schlurfte. Er hatte seine Tür offen stehen, und sein Schreibtisch war so aufgestellt, dass er den Gang überblicken konnte. Einmal, als ich vorbeiging, rief er mich zu sich herein. »Ich habe mir mal«, sagte er, »das mit den zeitgenössischen Dichtern des Punjab angesehen. Sagen Sie, wie hieß der Onkel Ihres Vaters?« Ich sagte es ihm, und er nickte; er hatte ihn tatsächlich in einer Anthologie, die in spanischer Übersetzung vorlag, erwähnt gefunden. Darüber war ich freudig überrascht, doch bevor ich etwas sagen konnte, fuhr er fort: »Sie scheinen mir ganz anders als Ihre Kollegen zu sein. Sie kommen mir etwas verloren vor.« »Überhaupt nicht«, sagte ich verblüfft. Dann: »Allerdings muss ich sagen, dass Valparaiso mich ziemlich berührt.« Er meinte, ich solle doch mal Pablo Nerudas Haus besuchen, aber am Tag, da es abends geschlossen sei, und damit endete unser kurzes Gespräch.

Ich habe nie erfahren, warum Juan-Bautista ausgerechnet mit mir sprechen wollte. Vielleicht war er mit einem bemerkenswerten Einfühlungsvermögen gesegnet und hatte in mir ein Dilemma wahrgenommen, aus dem er mir, wie er aus Mitleid glaubte, heraushelfen könnte; vielleicht sah er unter seinen Feinden auch einen, der schwach war und den er leicht erledigen konnte; vielleicht war es auch reiner Zufall. Es mag sentimental sein, aber ich würde gern die erste dieser Möglichkeiten annehmen. Wie auch immer, Juan-Bautista gab den entscheidenden Impuls für den Wendepunkt meiner Reise, und diese Reise dauert bis zum heutigen Tage an ...

Aber ich greife vor, und da ist ja auch schon unser Nachtisch. Er hat nur eine Schale gebracht; ich hatte das Gefühl, Sie wollten höchstens einmal probieren, und dasselbe gilt auch für mich, da ich ziemlich satt bin. Nun, Sir? Die Art, wie Sie den Mund verziehen, verrät nichts Gutes. Zu süß, sagen Sie? Interessant, ich hatte immer den Eindruck, dass Ihr Land, was die Intensität seines Verlangens nach Süßigkeiten betrifft, dem meinen recht ähnlich ist. Aber vielleicht sind Sie ja atypisch; Ihre Reisen haben Sie weit weg von den allgegenwärtigen Milchbars und Eiscafés Ihres Mutterlandes geführt.

Auch ich war in jenem Januar weit weg, doch Nerudas Heimat schien mir nicht so fern von Lahore, wie es tatsächlich der Fall war; geografisch war sie natürlich wohl der entlegenste

Ort, der auf dem Erdball zu finden war, doch im Geiste schien sie nur einen imaginären Karawanenritt oder eine nächtliche Fahrt auf dem Ravi oder Indus von meiner Stadt weg. Ich sagte dem Vizepräsidenten, ich wolle ein Auslieferungslager inspizieren, und mit dieser Entschuldigung ging ich hinaus in die Berge, stieg immer höher hinauf, bis ich, als ich auf den Ozean schaute, plötzlich Möwen auf meiner Höhe fliegen sah. Es war ein ärmliches Viertel, auf den Wänden waren bunte, graffitiartige Wandgemälde, und Kinder rasten auf Holzkarren vorbei, die wie Versandkisten aussahen, an denen man Räder befestigt hatte. Das Haus selbst war massig und schön, es erinnerte an ein Boot, das über die Bucht hinausragt; darunter fiel stufenförmig ein Garten ab, und hinter der Bar war ein konvexer Spiegel, mit dessen Hilfe Neruda seine Gäste überzeugte, dass sie betrunken waren. Ich verweilte auf der Terrasse und sah zu, wie die Sonne am Himmel tiefer sank. In der Ferne spielte jemand Gitarre, es war eine zarte Melodie, ein Lied ohne Worte.

Ich dachte an Erica. Mir kam der Gedanke, dass meine Versuche, mit ihr zu kommunizieren, vielleicht zum Teil daran gescheitert waren, dass ich bei so vielen bedeutsamen Fragen nicht wusste, wo ich stand; mir fehlte ein stabiler *Kern*. Ich wusste nicht recht, wo ich hingehörte – nach New York, nach Lahore, beidem, keinem –, und aus dem Grund konnte ich ihr, als sie sich Hilfe suchend an mich wandte, nichts Substanzielles geben. Vielleicht war ich auch deswegen bereit gewesen, in Chris' Person zu schlüpfen, weil meine eigene Identität so schwach war. Dadurch aber – und weil ich außerstande war, ihr eine Alternative zu ihrer chronischen Nostalgie zu bieten – mochte ich Erica noch tiefer in ihre Wirrnis gestoßen haben. Ich beschloss, ihr eine Mail zu schreiben, vielleicht als eine Art Entschuldigung und als Einladung, den Kontakt zwischen uns, den sie praktisch abgebrochen hatte, wieder aufzunehmen, und ich erinnere mich, »Senden« gedrückt zu haben, ohne auch nur noch einmal durchzulesen, was ich geschrieben hatte.

Doch die Tage vergingen ohne eine Antwort, und ich verlor zunehmend die Hoffnung, dass noch eine kam. Ich rief meine Eltern an, die mir sagten, die Lage in Pakistan sei weiterhin prekär; es ging das Gerücht, Indien handele mit dem stillschweigenden Einverständnis Amerikas und beide Länder wollten durch die Androhung von Gewalt unsere Regierung zu einer Änderung ihrer Politik bewegen. Außerdem war die Hauptwasserleitung unseres Hauses gebrochen – die Rohre sollten schon lange ersetzt worden sein –, und der Druck war nun so niedrig, dass Duschen unmöglich geworden war; sie behalfen sich mit Eimern und Kellen. Das veranlasste mich, erneut über die Absurdität meiner Lage nachzudenken, nämlich zu einer Zeit, da meine Familie Hilfe brauchte, zwei Hemisphären – wenn es so etwas denn gibt – von zu Hause entfernt zu sein.

Die einzige Form, ihnen unter die Arme zu greifen, war, ihnen Geld zu schicken, und das tat ich; ich überwies die kleinen Rücklagen, die ich noch hatte, an meinen Bruder, weil mein Vater sich weigerte, sie anzunehmen. Der Vorgang, meine Bank anzurufen, um den Transfer zu regeln, hätte mir eigentlich die Bedeutung meines Jobs vor Augen führen sollen, denn auf eine andere Einkommensquelle konnte ich nicht zurückgreifen. Dennoch hielt meine Gleichgültigkeit meiner Arbeit gegenüber unvermindert an. Es gab nun keine Möglichkeit mehr, den Vizepräsidenten zu täuschen; meine Versäumnisse waren nicht mehr zu übersehen, und seine Verweise wurden immer gröber. Rückblickend frage ich mich, warum er sich in diesem Stadium nicht an Jim wandte, um mich ersetzen zu lassen, andererseits war es auch nicht weiter überraschend: Die Aufgabe eines Vizepräsidenten in unserer Firma bestand – ungeachtet des »Vize« in dem Titel – darin, so autonom wie möglich zu arbeiten. Ein guter Vizepräsident *erledigte die Dinge*, egal was es kostete, und vorzeitig um Hilfe zu bitten hätte bedeutet, das Vertrauen seines Vorgesetzten in seine Fähigkeiten zu erschüttern.

Was mich betraf, so stand ich eindeutig auf der Schwelle zu einer großen Veränderung; es bedurfte nur noch eines letzten Katalysators, und in meinem Fall erfüllte diese Funktion ein Mittagessen. Juan-Bautistas Einladung traf mich unvorbereitet; als ich einmal an seinem Büro vorbeiging, meinte er einfach, es wäre doch schade, in Valparaiso gewesen zu sein, ohne einen in Salz gegarten Zackenbarsch probiert zu haben, und da er am Nachmittag in sein Lieblingsrestaurant gehen wolle, sollte ich ihn doch – falls ich Zeit hätte – begleiten. Aus Höflichkeit und Neugier und auch, weil mir jeder

Vorwand recht war, um nicht in die vergiftete Atmosphäre unseres Team-Raums zurückzumüssen, sagte ich, dass es mir eine Ehre wäre, und ehe ich michs versah, ging ich mit einem Mann durch die Straßen der Stadt, der sich mehr als alles andere wünschte, dass der Verkauf an unseren Klienten nicht über die Bühne ging.

Juan-Bautista trug Hut und Stock, und er bummelte so gemächlich dahin, dass es in New York vermutlich illegal gewesen wäre, eine Straßenkreuzung in dem Tempo zu überqueren. Als wir saßen und bestellt hatten, sagte er: »Ich habe Sie beobachtet, und es ist wohl nicht übertrieben zu sagen, junger Mann, dass Sie durcheinander sind. Darf ich Ihnen eine ziemlich persönliche Frage stellen?« »Natürlich«, sagte ich. »Bekümmert es Sie«, fragte er, »dass Sie Ihren Lebensunterhalt damit verdienen, das Leben anderer zu zerrütten?« »Wir bewerten nur«, antwortete ich, »wir entscheiden nicht, ob gekauft oder verkauft werden soll oder was mit einer Firma geschieht, nachdem wir sie bewertet haben.« Er nickte; er zündete sich eine Zigarette an und trank einen Schluck Wein aus seinem Glas. Dann fragte er: »Haben Sie schon einmal von den Janitscharen gehört?« Ich verneinte. »Das waren christliche Jungs«, erklärte er, »die von den Ottomanen gefangen genommen und zu Soldaten in der muslimischen Armee ausgebildet wurden, zu jener Zeit die größte der Welt. Sie waren wild und absolut loyal: Sie hatten gekämpft und dabei ihre eigene Zivilisation ausgelöscht, daher war ihnen nichts mehr geblieben.«

Er schnippte die Asche seiner Zigarette auf einen Teller. »Wie alt waren Sie, als Sie nach Amerika gingen?«, fragte er. »Ich ging ans College«, sagte ich, »da war ich achtzehn.« »Viel älter also«, sagte er. »Die Janitscharen haben sie immer als Kinder geholt. Es wäre ihnen nämlich viel schwerer gefallen, sich für ihr angenommenes Reich einzusetzen, wenn sie lebhafte Erinnerungen an ihre Vergangenheit gehabt hätten.« Er lächelte und spekulierte nicht weiter darüber. Bald darauf kam unser Essen, und der Zackenbarsch war ganz sicher so köstlich, wie er behauptet hatte, doch leider kann ich mich nicht mehr an den Geschmack erinnern.

Aber ich sehe Ihnen an, Sir, dass Ihnen die Geschichte seltsam vorkommt. Ob dieses Gespräch tatsächlich stattgefunden hat, fragen Sie? Und ob es diesen so genannten Juan-Bautista überhaupt gegeben hat? Ich versichere Ihnen, Sir: Sie können mir vertrauen. Es ist nicht meine Art, etwas zu erfinden! Und warum sollte gerade diese Begebenheit weniger wahr sein als die anderen, die ich Ihnen erzählt habe? Kommen Sie, ich glaube, wir haben schon zu viel zusammen erlebt, um zu einem so späten Zeitpunkt noch derartige Fragen aufzuwerfen.

Wie auch immer, Juan-Bautistas Worte lösten bei mir eine heftige Attacke der Selbstkritik aus. Die ganze folgende Nacht überlegte ich, was aus mir geworden war. Eigentlich konnte kein Zweifel bestehen: Ich war ein moderner Janitschar, ein Diener des amerikanischen Reichs zu einer Zeit, da es ein Land überfiel, das mit dem meinen verwandt war, und vielleicht sogar heimlich daran mitwirkte, dass mein eigenes Land mit Krieg bedroht wurde. Natürlich rang ich mit mir! Natürlich fühlte ich mich zerrissen! Ich hatte mich mit den Leuten von Underwood Samson zusammengetan, mit den Offizieren des Reichs, wo ich doch eigentlich prädestiniert war, Mitleid mit Leuten wie Juan-Bautista zu empfinden, deren Leben durch das Reich mir nichts, dir nichts zugrunde gerichtet wurde.

Am nächsten Morgen sagte ich dem Vizepräsidenten mit der Haltung eines Mannes, der einem Erschießungskommando gegenübersteht – nein, das ist vielleicht doch zu dramatisch, und ein gefährlicher Vergleich ausgerechnet an diesem Abend, aber Sie verstehen, was ich meine –, dass ich mich weigerte weiterzuarbeiten. Er war verdutzt. »Wie meinen Sie das, Sie weigern sich?«, sagte er. »Ich bin hier fertig«, antwortete ich, »ich habe vor, nach New York zurückzukehren.« Panik brach aus; eiligst wurde eine Konferenzschaltung mit Jim hergestellt. »Nun hören Sie mal, mein Junge«, sagte ein ungewöhnlich angespannter Jim aus der Sprechanlage, »ich weiß, Sie haben einiges um die Ohren. Aber wenn Sie da jetzt abhauen, untergraben Sie unsere Firma. Sie schaden dem Team. Im Krieg kämpfen die Soldaten weniger für ihre Fahne, Changez. Sie kämpfen für ihre Freunde, ihre Kumpel. Ihr Team. Tja, und jetzt bittet Ihr Team Sie zu bleiben. Wenn Sie hinterher eine Pause brauchen, kein Problem.«

Ich muss zugeben, Jims Worte gaben mir zu denken. Ich bewunderte ihn sehr; er hatte immer hinter mir gestanden, und nun war ich dabei, ihn zu verraten. Bis mein Ersatzmann in Marsch gesetzt und eingearbeitet war, hatten wir den Termin für unsere Bewertung vermutlich überschritten. Jim hatte mich zum Beweis seines Vertrauens und aus Großzügigkeit hingeschickt; und das war nun der Lohn dafür, ein Schlag ins Gesicht und desto unverschämter, weil er während einer finanziellen Schwächeperiode der Firma kam. Außerdem würde ohne meinen Job – den ich mit Sicherheit verlieren würde – mein Visum ungültig werden und ich gezwungen sein, die Vereinigten Staaten zu verlassen. Doch ich beschloss, solche Dinge jetzt nicht zu berücksichtigen; ich wollte nicht überlegen, ob ich damit jede Hoffnung aufgab, mit Erica zusammen zu sein. Ich wusste nur, dass meine Tage der Konzentration auf die Fundamentals vorüber waren. Und so bestieg ich am folgenden Abend, zwei Wochen vor Plan, ein Flugzeug Richtung New York.

Ah, da kommt unser Kellner mit grünem Tee, die perfekte Verdauungshilfe nach einem schweren Mahl. Beachtlicher Service, wie? Er ist genau in dem Moment gekommen, als er gebraucht wurde. Wer hätte gedacht, Sir, dass er uns so genau beobachtet? Aber der Abend ist schon weit fortgeschritten, und es sind keine Gäste mehr da, die seine Aufmerksamkeit ablenken könnten.

11

Eigenartig, wie sich der Charakter eines öffentlichen Raums verändert, wenn er leer ist; der verlassene Freizeitpark, die dichtgemachte Oper, das leere Hotel: Im Film sind das häufig Orte für Geschehnisse, die Angst machen sollen. So verhält es sich auch bei diesem Markt: Jetzt, da nur noch sporadisch und verstreut einige wenige Besucher zu sehen sind, hat er doch etwas Bedrohliches angenommen. Vielleicht hat es auch etwas mit dem bewölkten Himmel über uns zu tun, durch den man hin und wieder ein Stückchen Mond sieht, vielleicht sind es die dunkler werdenden Schatten in dem Labyrinth der Gassen, die sich von hier in alle Richtungen stehlen, aber ich meine, dass es viel mehr unsere *Einsamkeit* ist, die uns verstört, dass wir allein sind, und das mitten im Herzen einer Großstadt. Ah! Da, Sir, riechen Sie es: das Aroma von Staub in dem warmen Wind? Das ist der Geruch der Wüste im Süden, ein Geruch, der, begegneten wir ihm in Ihrer Heimat, aller Wahrscheinlichkeit nach ankündigen würde, dass gleich ein trostloser Distelstrauch über diese matt erhellte Bühne rollt.

Auch wenn die Atmosphäre, die mich auf meinem Flug von Santiago nach New York umgab, genau das Gegenteil war – die Kabine war hell und nahezu voll –, war ich in Gedanken bei einer Szenerie gleich jener, in der Sie und ich uns eben jetzt befinden. Ja, meine Grübeleien waren wahrlich düster. Ich sinnierte, dass ich mich immer über die Art und Weise geärgert hatte, wie Amerika sich in der Welt aufführte; die ständige Einmischung Ihres Landes in die Angelegenheiten anderer war unerträglich. Vietnam, Korea, die Straße von Taiwan, der Nahe Osten und nun Afghanistan; in jedem dieser großen Konflikte und Konfrontationen, die meinen Mutterkontinent Asien umringten, spielte Amerika eine zentrale Rolle. Überdies wusste ich als Pakistani aus Erfahrung – von wechselnden Perioden amerikanischer Hilfsleistungen und Sanktionen –, dass Geld ein wesentliches Mittel war, mit dem das amerikanische Reich seine Macht ausübte. Es war richtig, dass ich mich weigerte, länger daran Anteil zu haben, dieses Projekt der Herrschaft zu befördern; das einzige Überraschende dabei war, dass ich so viel Zeit benötigt hatte, zu meiner Entscheidung zu gelangen.

Ich beschloss, mich nach meiner Rückkehr nach New York mit dem Blick des ehemaligen Janitscharen umzusehen, was heißen soll, mit den analytischen Augen eines Menschen, der ein Produkt von Princeton und Underwood Samson war, jedoch unbehindert von den diversen Zwängen des Akademikers und Beraters, sich vornehmlich auf einzelne Teile zu fokussieren, und daher frei, Ihre Gesellschaft auch als *Ganzes* zu betrachten. Mit diesem Blick fiel mir auf, wie traditionell Ihr Reich sich darstellte. Bewaffnete Wachen besetzten den Kontrollpunkt, an dem ich einreisen wollte; da ich einer verdächtigen Rasse angehörte, wurde ich herausgebeten und einer zusätzlichen Überprüfung unterzogen. Als ich dann eingelassen war, mietete ich einen Wagenlenker aus einer Klasse Leibeigener, der die erforderlichen Zulassungen fehlten, um sich legal hier aufzuhalten, und die daher gezwungen war, eine Arbeit gegen geringeren Lohn anzunehmen; ich selbst war so etwas wie ein vertraglich gebundener Diener, dessen Bleiberecht von dem fortgesetzten Wohlwollen meines Arbeitgebers abhing. *Danke, Juan-Bautista*, dachte ich, als ich mich ins Bett legte, *dass du mir geholfen hast, den Schleier wegzureißen, hinter dem das alles verborgen lag!*

Doch ich muss in einem eigenartigen Gefühlszustand gewesen sein, einer quasihypnotischen Benommenheit, denn als ich am Morgen aufwachte, empfand ich etwas völlig Anderes. Nun traf mich das riesige Ausmaß dessen, was ich im Begriff stand aufzugeben. Wo sonst konnte ich – ohne Geld und Familienkontakte und in so jungen Jahren – auf ein derart stattliches Einkommen hoffen? Würde ich diese Stadt der Chancen mit ihrer magischen Dynamik und Hochspannung nicht vermissen? Was war mit meiner Pflicht Erica oder vielmehr mir selbst gegenüber, die daraus erwuchs, dass ich sie begehrte? Und wie würde ich Jim gegenübertreten?

Wenn Sie, Sir, jemals das Ende einer großen Liebesbeziehung durchgemacht haben, werden Sie vielleicht verstehen, was ich damals empfand. In solchen Situationen gibt es gemeinhin einen Augenblick der Leidenschaft, in dem das Undenkbare gesagt wird; dem folgt ein Gefühl der Euphorie, endlich frei zu sein, die Welt erscheint frisch, als sähe man sie zum ersten Mal; dann kommt die unvermeidliche Phase des Zweifelns, der Reue, des verzweifelten und aussichtslosen Zurückruderns, und erst später, wenn die Emotionen nachgelassen haben, kann man die Reise, die man hinter sich gebracht hat, mit Gleichmut betrachten. Bei mir kamen Zweifel und Reue recht schnell, was – nach meiner Erfahrung mit unserer Spezies – häufig geschieht, und als ich in die U-Bahn stieg, um mich bei Underwood Samson zum Dienst zu melden, befand ich mich in einem Schockzustand ähnlich dem, der einen befällt, wenn man sich das Knie schlimm verdreht hat, aber noch keinen Schmerz spürt.

Nicht dass ich überzeugt war, einen Fehler begangen zu haben; nein, ich war lediglich nicht überzeugt davon, *keinen* begangen zu haben. Mit anderen Worten, ich war verwirrt. Dennoch nötigte mich mein Stolz, mir die unerwartete Trauer möglichst nicht anmerken zu lassen. Ich gestattete meinem Blick nicht, auf dem eindrucksvollen Empfangsraum zu verweilen – der mich jetzt eher an die schimmernde Fassade eines erhabenen und exklusiven Tempels erinnerte –, oder auf der spektakulären Aussicht aus unseren Fenstern, ich gestattete mir nicht, eine Schachtel mit meinen Visitenkarten einzustecken, dem elegant gedruckten Beweis dafür, dass ich einstmals unter Hunderten ausgewählt worden war, hier sein zu dürfen. Ich ließ mich einfach von den beiden Sicherheitsleuten dirigieren, die links und rechts von mir standen und zusahen, wie ich eine begrenzte Menge eindeutig persönlicher Besitztümer in einen kleinen Pappkarton packte, und mich dann zur Personalabteilung zu meinem Entlassungsgespräch begleiteten.

Das war überraschend kurz – hart, beängstigend förmlich, jedoch ohne gegenseitige Vorwürfe –, und als die erforderlichen Formulare unterzeichnet und die Daten der leistungsrelevanten Merkmale beisammen waren, sagte man mir, Jim wolle mich noch sprechen. Er trug einen dunklen Anzug und eine dunkle Krawatte – Trauerkleidung, wie ich fand –, und er sah aus, als hätte er zu wenig geschlafen. »Da haben Sie uns ja ganz schön angeschissen, mein Junge«, sagte er. »Ja, stimmt«, antwortete ich. »Es tut mir leid.« »Ich halte nicht sehr viel von Mitgefühl am Arbeitsplatz«, fuhr er fort. »Ich habe keinen Augenblick gezögert, Sie zu feuern. Ja, ich wünschte, ich hätte es schon vor einem Monat getan und uns die Kopfschmerzen erspart, die Sie uns in Valparaiso bereitet haben. Aber«, er machte eine Pause, »ich sage Ihnen auch Folgendes. Ich mag Sie, Changez. Ich verstehe, dass Sie in einer Krise stecken. Sollten Sie je einen Menschen brauchen, bei dem Sie sich etwas von der Seele reden wollen, dann rufen Sie mich an, und wir trinken ein Bier zusammen.« Ich bekam einen Kloß in den Hals; ich konnte nicht antworten. Ich nickte langsam, eine Geste, die einer Verbeugung nicht unähnlich war.

Nachdem ich Jims Büro verlassen hatte, wurde ich zu den Fahrstühlen geleitet. Ich merkte, wie tief das Misstrauen war, das ich während dieser wenigen vergangenen, von Bart und Groll geprägten Wochen bei meinen Kollegen geweckt hatte; nur Wainwright kam, um mir die Hand zu schütteln und sich zu verabschieden, die anderen betrachteten mich, wenn überhaupt, mit offenkundiger Beklommenheit und, in manchen Fällen, einer Furcht, die eher angebracht gewesen wäre, wenn ich wegen eines Mordkomplotts gegen sie verurteilt worden wäre und nicht nur in einem laufenden Projekt meinen Posten verlassen hätte. Die Wachleute wichen mir erst von der Seite, als ich außerhalb des Gebäudes war, und erst da gestattete ich mir, mir mit dem Handrücken über die Augen zu wischen, denn sie hatten ein wenig getränt.

Sie müssen bedenken, dass ich erst zweiundzwanzig und dies meine erste richtige Arbeit gewesen war; in einem solchen Alter und einer solchen Lage haben Ereignisse ein emotionales Echo, das vielleicht übertrieben ist. Jedenfalls war mir, als wäre eine Welt untergegangen – was ja auch so war, und ich ging zu Fuß zum East Village. Es war vermutlich ein ziemlich merkwürdiger Anblick – ein aufgewühlter, behaarter Pakistani, der einen unbeschrifteten Karton mitten durch Manhattan trug –, aber ich erinnere mich nicht, böse Kommentare von Passanten gehört zu haben. Ich war allerdings auch zu sehr mit mir selbst beschäftigt, um sie zu bemerken.

In meiner Wohnung goss ich mir einen Whiskey ein und saß gedankenverloren da. Es war noch früh – noch nicht Mittag –, also beschloss ich, meine Familie anzurufen. Mein Bruder ging dran. Er habe das Geld erhalten, das ich ihm geschickt hatte, sagte er, und die Arbeiter hätten schon unsere verrotteten Röhren freigelegt. Bis morgen sollten sie ersetzt sein. Ich sagte ihm, ich hätte mich entschieden, nach Lahore zurückzukommen. Er versuchte, mich davon abzubringen, die Spannungen mit Indien nähmen zu. Er sei unlängst in Islamabad gewesen, sagte er, Frauen und Kinder von ausländischen Botschaftsangehörigen und Mitarbeitern von NGOs verließen schon das Land. Ich erklärte ihm, ich hätte keine Wahl; »Sie haben mich gefeuert«, sagte ich, »und bald wird mein Visum ungültig.« Er sagte, natürlich werde die Familie sich um mich kümmern. Ich sagte nicht, dass ich gehofft hätte, ich würde derjenige sein, der sich um *sie* kümmerte, und nachdem wir aufgelegt hatten, trank ich noch eine Weile weiter.

Aber Ihr Glas, Sir, ist nun schon seit geraumer Zeit leer. Soll ich die Rechnung kommen lassen? Ein kurzer Wink reicht, sehen Sie, da kommt er schon. Wie viel, fragen Sie? Da machen Sie sich mal keine Sorgen; Sie sind hier mein Gast, das – es ist ja nur ein kleiner Betrag – übernehme ich. Sie möchten die Hälfte bezahlen? Auf gar keinen Fall, außerdem bezahlen wir hier alles oder nichts. Sie haben mich daran erinnert, wie fremdartig ich das Konzept fand, dass Bekannte sich eine Rechnung teilen, als ich noch neu in Ihrem Land war. Ich bin dazu erzogen worden, in solchen Dingen gegenseitige Großzügigkeit über mathematische Präzision zu stellen; mit der Zeit gelangt man bei beidem zu einem ausgewogenen Verhältnis.

Allerdings hatte man mich nicht in der Etikette unterwiesen, wie man am besten mit einer Geliebten in Kontakt tritt, die sich in eine Heilanstalt zurückgezogen hat, und so schwankte ich, ob ich Erica eine Mail schreiben oder sie persönlich besuchen sollte. Schließlich wurde mir die Entscheidung abgenommen. Ich schickte ihr eine Mail, doch sie kam zurück mit dem Vermerk, sie könne nicht gesendet werden, weil der Posteingang voll sei, also mietete ich mir ein Auto und erschien unangemeldet in dem Heim. Am Empfang sagte man mir, Besucher ohne Einladung seien nicht willkommen – man könne mir nicht einmal bestätigen, ob Erica überhaupt da sei –, doch gerade als man mich auffordern wollte zu gehen, sah ich die Schwester, die ich bei meinem früheren Besuch kennengelernt hatte, und bat sie, ein gutes Wort für mich einzulegen.

»Ich rede mit ihm«, sagte sie zu der Frau am Empfang und nahm mich beiseite. Sie wirkte verstört und meinte, ich solle mich setzen. »Was wissen Sie?«, fragte sie mich. »Was ich weiß?«, fragte ich. »Worüber?« »Es tut mir sehr leid«, sagte sie. »Erica ist nicht mehr da.« Ich fragte sie, was genau sie mit *nicht mehr da* meine, und die Schwester erklärte es mir. Erica war zwei Wochen zuvor verschwunden, und zwar kurz nachdem ich sie zuletzt gesehen hatte. Sie war anfangs nicht gern allein gewesen im Heim und hatte Stunden mit den Schwestern, den Beratern und den anderen Patientinnen verbracht, besonders aber mit der Schwester, mit der ich jetzt sprach. Doch gegen Ende ihres Aufenthalts war sie immer häufiger ohne Begleitung umhergestreift, bis sie eines Tages fortgegangen und nicht mehr zurückgekommen war. Man hatte ihre Kleider dann auf einem Felsvorsprung mit Blick über den Hudson gefunden, säuberlich zusammengelegt und übereinandergestapelt.

»Wollen Sie mir damit sagen, dass sie sich umgebracht hat?«, fragte ich. »Man hat ihre Leiche nicht gefunden«, sagte die Schwester, »und sie hat auch keine Nachricht hinterlassen. Im Grunde gilt sie als vermisst. Aber sie hatte sich von allen verabschiedet.« Ich fragte sie, ob sie mir die Stelle zeigen könne, von der aus Erica möglicherweise gesprungen sei, worauf sie mich über das Gelände führte, bis wir dort standen. Es war ein schöner Ort, um Selbstmord zu begehen, um dort zwischen den schneebestäubten Koniferen hinauszulaufen, sich von dem Granit abzustoßen und durch die Luft zu segeln, während man zum anderen Ufer des mächtigen Flusses blickte, wo aus dem Kamin eines Häuschens Rauch aufstieg, um dann in den eisigen Strom darunter zu stürzen. Aber ich konnte mir Ericas blassen, nackten Körper auf dieser Flugbahn nicht vorstellen.

Und so fuhr ich in die Stadt zurück, direkt zu ihrer Wohnung. Ericas Mutter trug kein Make-up; mir fiel auf, dass ihre Augenbrauen so fein waren, dass sie fast nicht existierten. Ich erklärte ihr, ich käme gerade von dem Heim, fragte, ob sie von Erica gehört habe. Ihre Mutter starrte mich an, als hätte ich sie grundlos geschlagen. »Nein«, sagte sie, nachdem sie sich wieder gefasst hatte, mit müder Stimme, »leider nicht.« »Sie sollen wissen«, sagte ich, »dass ich alles tun werde, um Sie zu unterstützen.« »Danke«, sagte sie und bat mich herein. Sie erzählte mir, dass die Notdienste weiterhin nach Erica Ausschau hielten und in den Lokalzeitungen regelmäßig Anzeigen geschaltet seien, darüber hinaus könne man wenig tun. Wir versuchten, über Belanglosigkeiten zu reden, doch das erwies sich als schwierig. Als sie fragte, wie es mir gehe, sagte ich, ich sei gerade gefeuert worden, und als ich ihr dieselbe Frage stellte, brachte sie nur ein mattes Lächeln zustande, deshalb saßen wir zumeist schweigend da. Doch bevor ich ging, tat sie zwei Dinge, vermutlich aus Freundlichkeit: Zum einen sagte sie, Erica habe erwähnt, dass sie mich mit meinem neuen Bart ziemlich flott gefunden habe, und dann gab sie mir noch eine Kopie von Ericas Manuskript. »Vielleicht«, sagte ihre Mutter, »möchten Sie es ja gern lesen.«

Über eine Woche lang tat ich es nicht; es lag unberührt auf meinem Fernseher. Während dieser Zeit wartete ich auf ein Zeichen von Erica – eine Mail, einen Anruf, dass mein Summer Laut gab –, doch es kam keines mehr. Ich streifte durch die Stadt und besuchte noch einmal die Orte, zu denen sie mich mitgenommen hatte. Ob ich dachte, ich würde sie dort vielleicht sehen oder noch etwas von uns, weiß ich jetzt nicht mehr. Einige dieser Orte – wie die Galerie in Chelsea, die wir an unserem ersten Abend besucht hatten – konnte ich nicht mehr finden, sie waren verschwunden, als hätte es sie nie gegeben. Andere, wie die Stelle im Central Park, wo wir gepicknickt hatten, waren leicht ausfindig zu machen, schienen aber verändert. Vielleicht lag das am Wechsel der Jahreszeiten, vielleicht war es aber auch das Wesen der Stadt, unbeständig zu sein.

Ich erinnerte mich an Erica im September, es war noch der Beginn unserer Beziehung, unmittelbar nach den Angriffen auf das World Trade Center. Obwohl traditionellerweise mit dem Ende des Sommers und dem bevorstehenden Beginn des Herbstes assoziiert, war dieser Monat für mich schon immer einer des Aufbruchs gewesen, eine Art *Frühling* – wahrscheinlich, weil er den Beginn des akademischen Jahrs einläutet. Im September war ich in mein Leben in New York eingetaucht, voller Optimismus der Dinge harrend, die da kamen. Eines Abends ging ich mit Erica über den Union Square, wo wir einen Leuchtkäfer sahen. »Schau nur!«, sagte sie erstaunt, »er versucht, mit den Gebäuden zu wetteifern.« Und tatsächlich: Ein winziges grünliches Glimmen, das von ganz nah zu sehen war, aber schon aus geringer Entfernung von der Leuchtkraft der Stadt erstickt wurde. Wir schauten ihm nach, wie er über die 14th Street Richtung Süden verschwand. Erica stand vor mir, mit dem Rücken an meiner Brust, und ich legte die Arme um sie, die Hände auf ihrem Bauch. Es war eine vertraute Geste – wie die eines werdenden Vaters bei seiner schwangeren Frau –, und sie lehnte sich an mich. Noch jetzt erinnere mich, wie sich beim Atmen ihre Muskeln bewegten. Ein Taxi raste vorbei, und wir verloren den Leuchtkäfer aus den Augen. »Glaubst du, er hat es geschafft?«, fragte sie mich. »Keine Ahnung«, sagte ich, »aber ich hoffe es.«

Solche Erinnerungen beschäftigten mich in den Tagen nach

ihrem Verschwinden von morgens bis abends und drangen wohl auch in meine Träume; sie waren in jener Zeit meine einzige Form des Kontakts mit ihr. Aber endlich las ich auch das Manuskript, das ihre Mutter mir gegeben hatte. Ich muss gestehen, ich hatte Angst davor – als könnte es das letzte Mal sein, dass ich Ericas Stimme hörte –, und mir war bang, was die Stimme wohl sagen würde. Doch ihr Roman hatte nichts gequält Autobiografisches. Es war einfach eine Abenteuergeschichte über ein Mädchen auf einer Insel, das lernt irgendwie zurechtzukommen. Die Geschichte war voller Hoffnung, und obwohl sie zumeist recht sparsam war, verweilte sie doch immer wieder auch bei kleinen Details: der Struktur der Schale einer herabgefallenen Frucht beispielsweise oder den hin und her zuckenden Fühlern von Krebsen in einem Bach.

In den Rhythmen oder Klängen dessen, was sie geschrieben hatte, konnte ich Erica nicht wiederfinden; es erschien wie ein Fehler, gab mir keine Hinweise. Es war so zielgerichtet, so entschieden, genau das zu sein, was es war, dass ich verblüfft war. Aber auch tief berührt. Als ich das Manuskript niederlegte, tat ich es ohne jede Überzeugung, dass Erica lebte oder tot war. Doch ich hatte begriffen, dass sie sich entschieden hatte, nicht Teil meiner Geschichte zu sein; ihre eigene hatte sich als zu zwingend erwiesen, und sie folgte ihr – zu jenem Zeitpunkt und auf ihre Weise – bis zu ihrem Ende, gelangte durch Orte, die unerreichbar für mich waren. Ich erkannte, dass mir keine andere Wahl blieb, als mit meinen Vorbereitungen zur Abreise fortzufahren.

Ich würde gern sagen können, dass meine letzten Tage in New York in einem Zustand abgeklärter Ruhe vergingen; nichts könnte weiter von der Wahrheit entfernt sein. Ich war ein wirrer, rührseliger Wahnsinniger, der Wutanfälle bekam und in Depressionen verfiel. Manchmal lag ich im Bett, dachte im Kreis, stellte mir immerzu dieselben Fragen, warum und wohin Erica gegangen war; manchmal lief ich durch die Straßen, mein Bart eine stolze Provokation, suchte Ärger mit jedem, der so verwegen war, mich gegen ihn aufzubringen. Verletzungen gab es überall; die Rhetorik, die zu dem Zeitpunkt der Geschichte aus Ihrem Land zu hören war – nicht nur von der Regierung, sondern auch von den Medien und vermeintlich kritischen Journalisten –, lieferte prompte und beständige Nahrung für meinen Zorn.

Damals schien es mir – und es scheint mir noch heute so zu sein –, dass Amerika nur eine Pose einnahm. Als Gesellschaft waren Sie und Ihresgleichen nicht bereit, über den geteilten Schmerz nachzudenken, der sie mit denjenigen verband, die sie angriffen hatten. Sie zogen sich in die Mythen ihres Andersseins zurück, in die Anmaßung ihrer Überlegenheit. Und diese Überzeugungen agierten sie auf der Weltbühne aus, so dass der ganze Planet von den Rückwirkungen ihrer Wutanfälle erschüttert wurde, nicht zuletzt auch meine Familie, der nun Tausende Meilen entfernt ein Krieg drohte. Ein solches Amerika musste nicht nur im Interesse der übrigen Menschheit gestoppt werden, sondern auch in seinem eigenen.

Also beschloss ich, es zu tun, so gut ich konnte. Aber erst

musste ich ausreisen. An einem frischen, klaren Nachmittag, einem Nachmittag, der mich an meine Fahrt zu dem Heim und den Blick von dem Felsvorsprung über dem Hudson erinnerte, fuhr ich zum JFK. Ich stellte mir vor, wie Erica sich auszog und dann, nachdem sie sich ihrer Vergangenheit entledigt hatte, durch den Wald ging, bis sie auf eine freundliche Frau traf, die sie aufnahm und ihr zu essen gab. Ich stellte mir vor, wie kalt ihr wohl bei diesem Gang war. Und so ließ ich mein Jackett als eine Art Gabe, als meine letzte Geste vor meiner Rückkehr nach Pakistan, am Straßenrand liegen, als Wärmewunsch für Erica – nicht so, wie man Blumen für die Toten hinterlässt, sondern vielmehr, wie man mit Rupien über die Lebenden streicht. Später sah ich durch die Fenster des Terminals, dass ich einen Sicherheitsalarm ausgelöst hatte, und ich schüttelte verzweifelt den Kopf.

Was genau ich getan habe, um Amerika zu stoppen, fragen Sie mich? Haben Sie wirklich keine Ahnung, Sir? Sie zögern – keine Angst, ich bin nicht so grob, Ihnen mit Gewalt eine Antwort zu entlocken. Ich will Ihnen sagen, was ich getan habe, auch wenn es nicht viel war, und ich fürchte, dass ich Ihren Erwartungen hier nicht gerecht werde. Aber erst wollen wir den Markt verlassen, denn die Läden werden schon heruntergelassen, und es lungern einige zwielichtige Gestalten herum. Wo wohnen Sie? Im Pearl Continental, sagen Sie? Ich begleite Sie hin. Nein, es ist nicht weit, und obwohl es dunkel ist und unser Weg um diese Zeit teilweise unbelebt, sollte uns nichts geschehen. Wie gesagt, Lahore ist, was die Kleinkriminalität angeht, recht sicher. Und außerdem haben wir beide zum Glück eine Statur und Erscheinung, die Raufbolde nachdenklich stimmt.

12

Da Sie dauernd hinter sich blicken, Sir, werden Sie bemerkt haben, dass wir nicht die Einzigen sind, denen gerade der Sinn danach steht aufzubrechen. Ja, auch andere haben sich hinter uns zur Mall Road aufgemacht, auch der Kellner, der so ungewöhnlich aufmerksam war und an dem Sie sich anscheinend dennoch reiben. Es ist gar nichts Überraschendes dabei; die Arbeit des Abends ist nun getan. Ich bitte Sie, stattdessen den Blick auf diese hübschen Gebäude da zu richten, die sich in sehr unterschiedlichen Stadien des Verfalls zeigen. Sie gehen auf die britische Zeit zurück und sind geografisch wie architektonisch ein Bindeglied zwischen dem alten und dem heutigen Teil unserer Stadt. Sind sie nicht wunderbar! Ein Apotheker, ein Optiker, ein Händler feiner Saris, ein Herrenschneider. Schauen Sie, wie oft die Wörter *Brüder* und *Söhne* auf ihren Schildern auftauchen; es sind Familienbetriebe, die behutsam von Generation zu Generation weitergegeben worden sind. Nein, nicht im Falle dieser Waffenhandlung da, wie

Sie zu Recht anmerken – aber Sie müssen doch zugeben, dass die meisten ganz bezaubernd und malerisch sind.

Diese Plazas mit ihren kantigen Linien und gedrängten Fassaden sind da völlig anders; sie entstanden überwiegend in den siebziger und achtziger Jahren, als man noch keinen Sinn für die Erhaltung historischer Gebäude hatte; sie sprenkeln die Oberfläche dieser Gegend wie eine Hautreizung. Besonders unangenehm finde ich sie nachts, wenn sie unbeleuchtet und leer sind, umgrenzt von jenen schmalen Gassen, in die man gegen seinen Willen gezerrt werden könnte, um auf immer zu verschwinden! Ja, Sie haben vollkommen recht: Beeilen wir uns ein wenig; wir haben noch eine ordentliche Strecke vor uns.

Kennen Sie *Die Legende von Sleepy Hollow*? Sie haben den Film gesehen, sagen Sie? Ich nicht, aber bestimmt entspricht er der Vorlage; die Prosaversion war jedenfalls ausgesprochen stark. Man lässt sich einfach von dem Entsetzen des armen Ichabod Crane anstecken, als er, allein auf seinem Pferd, den Kopflosen Reiter wahrnimmt. Ich muss zugeben, manchmal denke ich selbst an das Geräusch, dieses gespenstische Klipp-Klapp, wenn ich einen nächtlichen Spaziergang unternehme. Wie einem davon das Herz pocht! Aber offensichtlich teilen Sie mein Vergnügen an dieser Vorstellung nicht, ja, Sie wirken sogar richtiggehend ängstlich. Gestatten Sie mir also, das Thema zu wechseln …

Ich hatte Ihnen erzählt, Sir, wie ich Amerika *verlassen* habe. Die Wahrheit dessen, was ich erlebt habe, kompliziert diese scheinbar simple Aussage; ich war nach Pakistan zurückgekehrt, dennoch bewohnte ich weiterhin Ihr Land. Ich blieb mit Erica emotional verflochten, und ich brachte etwas von ihr mit nach Lahore – vielleicht wäre es richtiger zu sagen, dass ich etwas von mir an sie verloren hatte, was ich in meiner Geburtsstadt nicht mehr wiederfinden konnte. Wie auch immer, die Folge war, dass es an meiner Stimmung zerrte und zog; Wogen der Trauer überrollten mich, Kummer und Bedauern kamen mal durch einen äußeren Auslöser, mal durch einen inneren Kreislauf, der nahezu – mir fällt gerade kein besseres Wort ein – *gezeitenartig* war. Ich reagierte auf die Schwerkraft eines unsichtbaren Mondes in meinem Innern, und ich unternahm Reisen, die ich nicht erwartet hätte.

Beispielsweise stand ich oft im Morgengrauen auf, ohne auch nur eine Sekunde geschlafen zu haben. Während der Stunden davor hatten Erica und ich dann einen ganzen Tag zusammen verlebt. Wir waren in meinem Schlafzimmer aufgewacht und hatten mit meinen Eltern gefrühstückt; wir hatten uns unter der Dusche liebkost und zur Arbeit angezogen; wir saßen auf unserem Motorroller und fuhren zum Campus, und ihr Helm stieß gegen meinen; wir trennten uns auf dem Parkplatz für die Lehrkräfte, und mich amüsierten und ärgerten die Blicke von Studenten, die sie auf sich zog, weil ich nicht wusste, wie viele dieser Blicke ihrer Schönheit und wie viele ihrer Fremdheit galten; wir aßen preiswert, aber köstlich im Freien und in Mondlicht getaucht neben der Königlichen Moschee zu Abend; wir unterhielten uns über unsere Arbeit, ob wir schon bereit für Kinder waren; ich korrigierte ihr Urdu und sie meinen Kursplan, und dann liebten wir uns in unserem Bett zum Summen des Deckenventilators.

Auch sonst wurde ich immer wieder auf Reisen geschickt, die nicht weniger heftig, aber weit flüchtiger waren. Ich erinnere mich, dass ich einmal, es war Monsun, beobachtete, wie sich in der matschigen Furche einer Reifenspur neben der Straße ein Tümpel bildete. Die Regentropfen fielen, und das Wasser stieg an den Ufern dieses kleinen Sees, als mir ein Stein auffiel, der aufrecht mittendrin stand, wie eine Insel, und ich stellte mir die Freude vor, die Erica beim Anblick dieser Szene gehabt hätte. In ähnlicher Weise erinnere ich mich an eine weitere Begebenheit; ich hatte mit meinem Roller einen Unfall gehabt, und als ich nach Hause kam und mein Hemd auszog, sah ich einen dunkelroten Bluterguss auf meinem Brustkorb, genau an der Stelle, wo ihrer einmal gewesen war. Ich starrte mich im Spiegel an, strich mit den Fingern über die Haut und hoffte, dass der Bluterguss nicht so schnell wegging, was er aber unausweichlich tat.

Solche Reisen haben mich überzeugt, dass es nicht immer möglich ist, die eigenen Grenzen wiederherzustellen, wenn sie einmal von einer Beziehung verwischt und durchlässig gemacht worden sind: Sosehr wir uns auch anstrengen, wir können uns nicht in das autonome Wesen zurückverwandeln, für das wir uns vorher gehalten haben. Etwas von uns ist nun außerhalb, und etwas von außen in uns. Vielleicht haben Sie ja nichts Vergleichbares erlebt, denn Sie starren mich an, als wäre ich völlig verrückt geworden. Ich will nicht sagen, dass wir alle *eins* sind, und ich bin auch nicht dagegen – das wird Ihnen bald klar werden –, Mauern um sich zu errichten, um sich vor Verletzungen zu schützen; ich wollte lediglich gewisse Aspekte meines Verhaltens nach meiner Rückkehr erklären.

Trotz meiner nicht unbeträchtlichen finanziellen Zwänge habe ich es Jahr für Jahr geschafft, meinen Jahrgangspflichten nachzukommen und das *Princeton Alumni Weekly* zu beziehen, was ich stets von vorn bis hinten durchlese, mit besonderer Berücksichtigung der Nachrichten meines Jahrgangs und der Nachrufe im hinteren Teil. Von Zeit zu Zeit stoße ich auf den Namen eines Bekannten, und durch solche winzigen Löcher spähe ich dann begierig auf das Leben, das ich zurückgelassen habe, und frage mich, wie diese Welt – die Welt von Menschen wie jenen, mit denen ich in Griechenland war – sich entwickelt hat. Erica jedoch erschien nie auf diesen Seiten, und auch wenn es möglich war, dass sie in einer der Nummern, welche die Launen der internationalen Post am Eintreffen gehindert haben, unbemerkt an mir vorbeigeschlüpft war, bereitete mir jede ihrer episodischen Abwesenheiten in gleichem Maße Hoffnung und Kummer.

Ich weiß nicht, was ich zu finden hoffte – eine Notiz, dass ihr Roman veröffentlicht worden war und sie Jahrgangskollegen begeistert hatte, als sie zur Buchpräsentation erschien? Die endgültige Nachricht, dass ihr Leichnam identifiziert worden war? Ein Gesicht auf dem verwackelten Foto eines Jahrgangstreffens, das gut ihres sein konnte? – Ich weiß nur, dass die Zeit den Eifer, mit dem ich nach ihr suchte, nicht gemindert hatte. Monatelang schrieb ich ihr weiterhin Mails, bis ihre Adresse erlosch, danach beschränkte ich mich auf einen Brief pro Jahr, den ich am Jahrestag ihres Verschwindens abschickte, aber immer bekam ich ihn ungeöffnet zurück.

Im April hat mein Bruder geheiratet, kurz vor meinem fünfundzwanzigsten Geburtstag. Danach legte meine Mutter mir mit zunehmender Dringlichkeit ans Herz, dass ich es ihm doch gleichtun solle; sie glaubte, ich sei in den Fängen einer ungesunden Melancholie und dass eine eigene Familie der sicherste Weg für mich sei, wieder Zufriedenheit im Leben zu erlangen. Auch war sie der Meinung, ich verbrächte zu viel Zeit bei der Arbeit oder allein in meinem Zimmer und nicht genug mit Freunden. Einmal fragte sie mich sogar sichtlich nervös, ob ich vielleicht, es wäre ja möglich, schwul sei. Ich hatte ihr nicht von Erica erzählt, und ich fand es zunehmend schwieriger, es überhaupt in Erwägung zu ziehen; unsere Beziehung konnte jetzt nur noch in meinem Kopf gedeihen, und sie mit einer Mutter zu erörtern, die es – natürlich nur zu meinem Besten – darauf abgesehen hatte, diese Beziehung mit der Wirklichkeit zu konfrontieren, konnte ihr irreparablen Schaden zufügen. Natürlich glaube ich nicht *wirklich*, jetzt in diesem Augenblick und im normalen Sinn des Wortes eine Beziehung mit Erica zu haben oder dass sie eines Tages lächelnd, vom Gewicht ihres Rucksacks nach vorn gebeugt, vor meiner Tür stehen würde, um mich zu überraschen. Aber ich bin noch jung und sehe nicht die Notwendigkeit, eine andere zu heiraten, und bis jetzt warte ich noch gern.

Im Gegensatz zu Ihnen, Sir. Sie scheinen mir so schnell wie möglich wegzuwollen. Was hat Sie nur so verschreckt? War es das Geräusch in der Ferne? Ich versichere Ihnen, es war kein Pistolenknall – auch wenn ich verstehen kann, warum Sie das glauben –, sondern die Fehlzündung einer vorbeifahrenden Rikscha. Ihre Zweitakter sind nicht immer sonderlich gut in Schuss und stottern öfter mal so. Doch, doch, auch ich finde es äußerst verstörend. Wie? Uns folgt jemand? Ich sehe niemanden – nein, halt, jetzt, wo Sie es sagen, da in dem Dunkeln sind tatsächlich ein paar Gestalten. Nun, wir können nicht erwarten, die Mall Road für uns allein zu haben, selbst nicht zu dieser späten Stunde. Wahrscheinlich sind es nur Arbeiter auf dem Heimweg.

Ja, Sie haben recht: Sie sind stehen geblieben. Wie meinen Sie das, Sir, ob ich ihnen ein Zeichen gegeben hätte? Natürlich nicht! Ich weiß genauso wenig über ihre Beweggründe und ihre Identität wie Sie. Man kann nur spekulieren, dass sie vielleicht etwas haben fallen lassen oder gerade ins Gespräch vertieft sind. Oder sie fragen sich, warum *wir* stehen geblieben sind und ob wir etwas gegen sie im Schilde führen! Wie auch immer, wir brauchen uns keine übermäßigen Sorgen zu machen, setzen wir unseren mitternächtlichen Bummel einfach fort. Lahore hat schließlich acht Millionen Einwohner und ist keineswegs ein Wäldchen auf dem Lande, in dem Geister hausen.

Es freut mich, dass Sie weitergehen wollen. Wonach suchen Sie denn? Ah, nach Ihrem ungewöhnlichen Handy. Wenn Sie Ihren Kollegen eine SMS schicken, dann teilen Sie ihnen doch gleich mit, dass wir es nicht mehr weit zu Ihrem Hotel haben – höchstens noch eine Viertelstunde, würde ich sagen, was mir bedeutet, mich zu beeilen, wenn ich die Sache noch zu einem angemessenen Ende bringen will. Vorhin, Sir, haben Sie mich, falls Sie sich noch erinnern, gefragt, was ich getan habe, um Amerika zu stoppen. Nun, da wir auf das Ende unserer gemeinsamen Zeit zusteuern, will ich den Versuch unternehmen, Ihnen darauf zu antworten, auch wenn Sie möglicherweise enttäuscht sein werden.

Die Gefahr eines Krieges mit Indien erreichte ihren Höhepunkt im Sommer nach meiner Rückkehr aus New York. Multinationale Unternehmen auf beiden Seiten der Grenze holten ihre leitenden Angestellten zurück, und in allen Ländern der Ersten Welt wurden Reisehinweise ausgegeben, worin den Bürgern geraten wurde, nicht unbedingt notwendige Reisen in unsere Region zu verschieben. Anscheinend war das Wetter der einzige Faktor, der den offiziellen Beginn von Kampfhandlungen verzögerte: Erst war die Hitze zu groß für eine indische Offensive in der Wüste, dann machte der Monsunregen das Gelände im Punjab für die indischen Panzer tückisch. Der September galt als der beste Monat für eine Schlacht, da die Gebirgspässe in Kaschmir wohl schon Anfang Oktober vom Schnee geschlossen sein würden. Also warteten wir ab, während unser September verging – kaum bemerkt von den Medien Ihres Landes, deren Aufmerksamkeit zu der Zeit auf den ersten Jahrestag der Angriffe auf New York und Washington gerichtet war –, und dann wurden die Tage zunehmend kürzer, die Verhandlungen machten Fortschritte, und die Wahrscheinlichkeit einer Katastrophe, die Dutzende Millionen Menschen das Leben hätte kosten können, wurde geringer. Natürlich war die Atempause für die Menschheit nur kurz: Ein halbes Jahr später begann die Invasion des Irak.

Durch diese Konflikte schien sich ein roter Faden zu ziehen, und der bestand im Aufstieg einer kleinen Gruppe mit ihren eigenen Ideen von amerikanischen Interessen. Sie agierte unter dem Deckmantel des Kampfes gegen den Terrorismus, worunter man explizit nur den organisierten und politisch motivierten Mord an Zivilisten durch Killer verstand, die *keine* Soldatenuniform trugen. Wenn das die einzige, wichtigste Priorität unserer Spezies war, dann, so wurde mir klar, war das Leben derjenigen, die in Ländern lebten, in denen auch solche Killer lebten, ohne Bedeutung, es sei denn als Kollateralschaden. Daher, folgerte ich, fühlte sich Amerika auch berechtigt, so viel Tod nach Afghanistan und in den Irak zu tragen, daher fühlte sich Amerika auch berechtigt, so viele weitere Tote zu riskieren, indem es stillschweigend Indien benutzte, um Druck auf Pakistan auszuüben.

Unterdessen hatte ich eine Stelle als Lektor an der Universität bekommen, und ich machte es zu meiner Aufgabe, auf dem Campus für eine Loslösung meines Landes von Ihrem zu werben. Ich war bei meinen Studenten beliebt – vielleicht, weil ich jung war, vielleicht auch, weil sie erkannten, welchen praktischen Wert die Kenntnisse eines Ex-Janitscharen hatten, die ich in meinen Finanzseminaren an sie weitergab –, und es war nicht schwierig, sie davon zu überzeugen, wie wichtig es war, an Demonstrationen für eine größere Unabhängigkeit Pakistans innerer und äußerer Angelegenheiten teilzunehmen. Demonstrationen, die in der ausländischen Presse wenig später, nachdem unsere Versammlungen nachrichtenwürdige Ausmaße angenommen hatten, als antiamerikanisch etikettiert wurden.

Der erste unserer Proteste, der größere Aufmerksamkeit erregte, fand nicht weit von hier statt. Der Botschafter Ihres Landes war in der Stadt, und wir bildeten einen Ring um das Gebäude, in dem er sprach, skandierten und hielten Plakate hoch. Wir waren Tausende, alle erdenklichen Richtungen waren vertreten – Kommunisten, Kapitalisten, Feministinnen, religiöse Fundamentalisten –, und dann lief die Sache aus dem Ruder. Puppen wurden verbrannt und Steine geworfen, und darauf gingen zahlreiche Polizisten auf uns los, in Uniform und Zivil. Es kam zu Rangeleien, ich wollte eine schlichten, mit dem Ergebnis, dass ich eine Nacht mit blutender Lippe und aufgeschrammten Knöcheln im Gefängnis verbrachte.

In meiner Arbeitszeit fanden bald so viele Treffen mit politisch interessierten Jugendlichen statt, dass ich oft gezwungen war, bis weit nach dem Abendessen zu bleiben, um den universitären und außeruniversitären Ansprüchen all derer, die mich aufsuchten, auch gerecht zu werden. Naturgemäß wurde ich zum Mentor für viele dieser Männer und Frauen: Ich beriet sie nicht nur bei ihren Referaten und Kundgebungen, sondern auch in Herzensangelegenheiten und einer breiten Palette anderer Themen: von Drogenrehabilitation und Familienplanung über Frauenhäuser bis zu den Rechten von Gefangenen.

Ich will Ihnen nicht vormachen, dass alle meine Studenten Engel waren; manche, und da bin ich der Erste, der das zugibt, waren nicht besser als gemeine Schläger. Aber im Laufe der Jahre hatte ich die Fähigkeit entwickelt, einen Menschen schnell einzuschätzen – eine Fähigkeit, die, und dies nicht zu unterstreichen wäre nachlässig, in beträchtlichem Maße der *meines* damaligen Mentors Jim nachgebildet war –, und auch wenn ich mich nicht für unfehlbar halte, darf ich wohl sagen, dass meine Menschenkenntnis im Allgemeinen sehr gut ist. Beispielsweise weiß ich zumeist, wer in einer Menschenmenge am ehesten Gewalt provoziert oder wer von meinen Kollegen am ehesten den Rektor bedrängt, mich in meine Schranken zu weisen, bevor meine Aktivitäten außer Kontrolle geraten.

Mehr als einmal bin ich offiziell verwarnt worden, doch meine Kurse sind so gefragt, dass ich bis jetzt von einer Suspendierung verschont geblieben bin. Und damit Sie nicht meinen, ich sei einer *jener* Dozenten, die mit jungen Kriminellen unter einer Decke stecken und keinerlei Interesse an Erziehung haben und die ihre Campus-Gruppen wie marodierende Banden führen, sollte ich erwähnen, dass die Studenten, die gemeinhin zu mir kommen, kluge, idealistische Leute sind, die ebenso höflich wie ehrgeizig sind. Wir nennen einander Genosse – wie überhaupt alle, die wir als Gleichgesinnte ansehen –, aber ich würde nicht zögern, stattdessen den Begriff *Wohlmeinender* zu gebrauchen. Und so war ich unlängst aufs äußerste bestürzt, als ich hörte, einer von ihnen sei wegen eines geplanten Anschlags auf einen Koordinator Ihres Landes, der Entwicklungshilfemittel an unsere armen Landbewohner verteilen sollte, verhaftet worden.

Ich hatte keine Insiderkenntnisse von diesem angeblichen Plan, der desto perverser war, da er angeblich einen Vertreter des Mitgefühls zum Ziel hatte, aber ich war mir sicher, dass der betreffende Junge fälschlich mit dieser Sache in Verbindung gebracht worden war. Wie ich da sicher sein könne, da ich doch keine Insiderkenntnisse gehabt hätte? Ich muss schon sagen, Sir, jetzt haben Sie einen entschieden unfreundlichen und vorwurfsvollen Ton angeschlagen. Was wollen Sie mir denn damit unterstellen? Ich kann Ihnen versichern, dass ich ein Anhänger der Gewaltlosigkeit bin. Blutvergießen ist mir ein Gräuel, es sei denn zur Selbstverteidigung. Und wie großzügig ich Selbstverteidigung definiere, fragen Sie? Überhaupt nicht großzügig! Ich bin kein Verbündeter von Killern, ich bin einfach ein Universitätsdozent, nicht mehr und nicht weniger.

Ich sehe an Ihrer Miene, dass Sie mir nicht glauben. Egal, ich bin mir der Wahrheit meiner Worte sicher. Wie auch immer, es war unmöglich, den Jungen über die Sache zu befragen, denn er war verschwunden – zweifellos verschleppt in eine geheime Haftanstalt, ein gesetzloses Niemandsland zwischen Ihrem Land und meinem. Er und ich waren nicht sonderlich gut miteinander bekannt, wie ich wiederholt ausgesagt habe, doch ich erinnerte mich an sein schüchternes Lächeln und seine Kompetenz bei Kapitalflussrechnungen, und das Rätsel, das sein Schicksal umgab, erfüllte mich zunehmend mit Wut. Als die internationalen Nachrichtensender auf unseren Campus kamen, sagte ich ihnen unter anderem, dass kein Land den Bewohnern anderer Länder so schnell den Tod bringt und so viele Menschen in der Ferne in Angst versetzt wie Amerika. Vielleicht war ich bei diesem Thema energischer, als ich es beabsichtigt hatte.

Später fiel mir ein, dass ich zusätzlich zu der Bekundung meiner Abscheu möglicherweise auch versucht hatte, die Aufmerksamkeit auf mich zu lenken; ich hatte auf meine Weise das Glimmen eines Leuchtkäfers ausgesandt, das hell genug war, die Grenzen von Kontinenten und Zivilisationen zu überwinden. Wenn Erica das sah – was, nüchtern betrachtet, so gut wie ausgeschlossen war, wie ich wusste –, hätte sie mich vielleicht erkannt und mir daraufhin geschrieben. Als nichts geschah, stellte sich ein unterschwelliges Verlustgefühl ein. Doch mein kurzes Interview schien Widerhall zu finden: Es wurde tagelang immer wieder gezeigt, und noch heute sieht man gelegentlich einmal einen Ausschnitt davon in Montagen zum Krieg gegen den Terror. Seine Wirkung war so stark, dass meine Genossen meinten, Amerika könnte auf meine zugegebenermaßen unbeherrschten Bemerkungen reagieren, indem sie jemanden schickten, um mich einzuschüchtern oder Schlimmeres.

Seither fühle ich mich ganz wie ein Kurtz, der auf seinen Marlowe wartet. Ich habe versucht, normal zu leben, als hätte sich nichts geändert, aber mich quält eine Paranoia, das immer wiederkehrende Gefühl, beobachtet zu werden. Ich habe sogar schon versucht, meine Tagesabläufe zu variieren – die Zeit, zu der ich zur Arbeit gehe, beispielsweise, und die Straßen, die ich nehme –, aber ich bin zu der Erkenntnis gelangt, dass das alles keinen Zweck hat. Ich muss mich meinem Schicksal stellen, wenn es da ist, und bis dahin darf ich nicht in Panik geraten.

Vor allem muss ich das vermeiden, was Sie gerade tun, nämlich ständig über die Schulter zu blicken. Ich habe den Eindruck, dass Sie meinem Geplapper gar nicht mehr zuhören; vielleicht sind Sie überzeugt, dass ich ein unverbesserlicher Lügner bin, vielleicht glauben Sie ja auch, dass wir verfolgt werden. Wirklich, Sir, es täte Ihnen gut, sich zu entspannen. Ja, diese Männer sind nun ziemlich nahe, und, ja, der eine da – na, so ein Zufall; es ist unser Kellner, und er hat mir zugenickt – schaut ziemlich grimmig drein. Aber sie wollen Ihnen bestimmt nichts Böses. Es ist eigentlich überflüssig zu sagen, aber glauben Sie bitte nicht, dass wir Pakistani alle potenzielle Terroristen sind, genauso wenig wie wir annehmen sollten, dass alle Amerikaner heimliche Attentäter sind.

Ah, gleich sind wir vor Ihrem Hotel angekommen. Hier werden sich unsere Wege trennen. Vielleicht möchte sich auch unser Kellner verabschieden, denn er kommt sehr schnell auf uns zu. Ja, er bedeutet mir, Sie festzuhalten. Ich weiß, Sie finden einige meiner Ansichten beleidigend; ich hoffe, Sie werden sich meinem Versuch, Ihnen die Hand zu schütteln, nicht widersetzen. Aber warum greifen Sie denn in Ihr Jackett, Sir? Sehe ich da Metall schimmern? Nun, da Sie und ich durch eine gewisse Vertrautheit verbunden sind, darf ich doch annehmen, es ist das Etui für Ihre Visitenkarten.

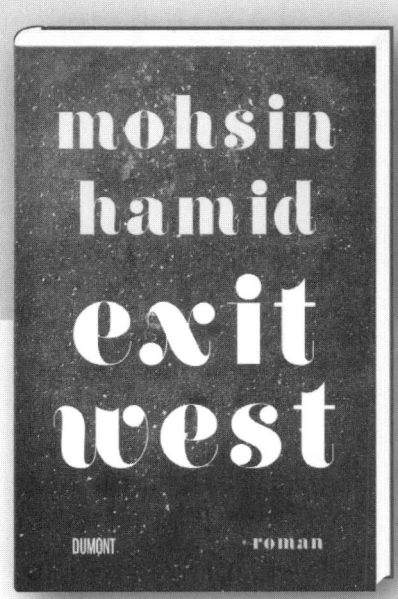